ハヤカワ文庫SF
〈SF2305〉

宇宙英雄ローダン・シリーズ〈629〉

永遠の戦士ブル

H・G・フランシス&H・G・エーヴェルス
若松宣子訳

早川書房
8584

PERRY RHODAN
DIE LETZTE SCHLACHT
STERNENFIEBER
by

H. G. Francis
H. G. Ewers

Translated by
Noriko Wakamatsu
First published 2020 in Japan by
HAYAKAWA PUBLISHING, INC.
This book is published in Japan by
arrangement with
PABEL-MOEWIG VERLAG KG
through JAPAN UNI AGENCY, INC., TOKYO.

目次

永遠の戦士ブル

永遠の戦士ブル

H・G・フランシス

登場人物

レジナルド・ブル（ブリー）………《エクスプローラー》指揮官

ドラン・メインスター
アギド・ヴェンドル
コロフォン・バイタルギュー
ミランドラ・カインズ
……《アルマゲドン》乗員。ハンザ・スペシャリスト

クァルスキガー……………………植民地クロレオン人の新提督

アルザンクサ………………………惑星クロレオン人。秘密結社の代表

ヴォルカイル………………………エルファード人。戦士カルマーの部下

1

ドラン・メインスターは怒って頬をふくらませた。

「きみたち、やはり、頭がどうかしているんじゃないか?」《アルマゲドン》のラボのひとつで、明らかな目的のためにガラスの設備を築きあげた女たちを、かれはどなりつけた。「まったく、どうして火酒を蒸留しようなどと思ったのだ?」

女三名は、かれがべつの世界からやってきた生物であるかのようにじっと見つめた。

彼女たちは快適そうなパンツにブラウスを着用していたが、いずれもとうてい清潔とはいえなかった。髪は短くカットして、できるだけ手間がかからないようにしてある。

「そんなにいばらないで」ジェニー・グロマが答えた。黒い瞳をしていて、口もとにえくぼがあるため、いつもほほえんでいるように見える。「なにか問題でもあるの?」

棚の陰から〝うなり屋〟が姿をあらわした。この四本脚の動物はテラのイボイノシシに似ていなくもない。キャビンをのろのろ歩きまわり、尾をまっすぐ立て、ハンザ・スペシャリストを陰険そうに光る目でにらみつける。メインスターは思わず一歩うしろにさがった。動物の鼻梁《びりょう》には曲がった角《つの》が生えていて、恐ろしい攻撃をしかけられそうな気がしたのだ。

「わたしたちが、外でくよくよするために地球をはなれたとでも思っているの?」ヘンリエット・ジムドリックスがいう。元気のいいブロンドの女で、頸にシルクのスカーフを巻き、長く細い指で髪やうなじをなでつづけている。「ちょっとおちついて、すわったらどう? あなたはびっくりするくらいハンサムというわけではないけれど、きっとおしゃべりの相手にはちょうどいいわ」

ドラン・メインスターの顔が真っ赤になった。宇宙ハンザに勤める生態学者は、小型の蒸留酒醸造設備に蹴りを入れた。甲高《かんだか》い音をたててガラスが割れる。女たちは小太りの男に跳びかかり、髪をつかんで引っ張った。男は身を守ろうとしたが、そのさい躊躇《ちゅうちょ》した。女たちを本気で痛めつけたくなかったからだ。そのため、かれはかなり甘んじて攻撃を受けることになった。

「あなた、どうかしちゃったの?」ヘンリエット・ジムドリックスはののしった。「この装置をつくるためにどれだけ苦労したか、わかってる?」

「じゃまをするよりもほかにすることはないの?」ジェニー・グロマが大声を出す。

「わたしたちのひまつぶしに、なにか文句がある?」

彼女はアッパーカットを決めると、メインスターの唇が大きく切れたのを勝ち誇ったように見つめた。

「結局わたしたちは、地球での単調な生活から逃れるため、宇宙に向かって飛び立ったのよ。いいこと、わたしはファッション業界で十五年間すごしたわ。十五年間、事務所で働いていたの。ずっと同じ、くだらない言葉のくりかえし。いつも同じ顔ぶれ、プレス向けの同じ話。変わりばえのしない給料、食事、睡眠。八時にはお決まりのニュース。べつの人生を送りたいと願いながら、しょせん単調で退屈なことしかできない男たち。そしていま、わたしたちはここで無害な遊びをしている。なのに、あなたはいばりちらさなくては気がすまないというわけね」

「どうしてもなにか飲みたいのなら、飲料自動供給装置からとってくれ」メインスターはあえいだ。両手両足で防御するが、ほとんど無意味だった。

「そんなつまらない代物、だれが飲みたがるというの?」赤毛のクリス・ウェイマンが腹だたしそうにいう。口紅を塗っているが……下唇は赤、上唇はむらさき色で、呼吸困難であるかのように見える化粧だ。

「わたしたち、三回も蒸留したのよ、おばかさん」と、ヘンリエット・ジムドリックス。「それがどんな味か、まったく想像できないわよね。自分がどんなことをしでかしたの

とか自制する。

「さ、終わりだ」メインスターは大声でいいはなち、女たちを押しのけたが、さらにまた数発お見舞いされることになった。いまにも手ひどい反撃をしそうになったが、なんとか自制する。

ジェニーは疲れて床にすわりこみ、たずねた。

「あなた、なにをしたいの？」

「掃除だ」かれは答えた。「どんちゃん騒ぎはおしまいだ。こんなことをして、どうなると思っているんだ？」

「わたしたちは自由なヴィーロ宙航士よ」ジェニー・グロマが誇らしげにいった。「わたしたちに指図できる者はいない。地球から遠くはなれて、ここ宇宙空間で、いちいち……ま、わかるでしょ、許可をもとめなくてはいけないなんて、ひどい話だわ」

「秩序や規律のない宇宙航行など不可能だ」ドラン・メインスターは強くいった。「われわれはいつ、合理的なすばやい行動がもとめられる状況におちいるかもしれないのだぞ」

「いまはここにおちついてすわり、くだらない人物の話を聞いているのに」ヘンリエット・ジムドリックスはうめき、イボイノシシに似た動物に手を伸ばした。動物はその手を、ずるずる音をたてて黒い舌でなめる。

「その動物は船内から消えてもらう」生態学者はいった。「どこかで降ろすか、われわれがつぶすかだ」

「あなたの写真をもらえる?」クリス・ウェイマンがたずねた。

「写真?」メインスターは驚いて彼女を見かえした。「わたしの? どうしてまた? そんなもの、どうする?」

「わたし、天災の写真を集めているのよ」彼女は答えた。

ほかの女たちは大笑いし、ドラン・メインスターはまた真っ赤になった。

「またくる」かれはおどすようにいった。「半時間後には、きちんとしたところを見たいものだ。かたづいていなかったら、追いだすからな」

「主よ、かれに許しをあたえないでください」ヘンリエット・ジムドリックスはつぶやいた。「かれは自分がしていることを、よくわかっていますから」

ドラン・メインスターはうしろを向いて出ていこうとしたが、ジェニー・グロマが急に脚を伸ばしてきたのでつまずいてしまった。棚につかまり、どうにか倒れないようにこらえる。棚の戸が開き、グラスがいくつか床にころがり落ちて割れた。

「ちょっと、いいこと」ジェニーが呼びかけた。「ここは軍隊方式よね。あなたが出したごみを、わたしたちにかたづけろとはいわないでしょうね」

メインスターは悪態をついて急いで出ていった。背後で音もなくハッチが閉まる。

「まったくここではなにもうまくいかないわ」クリス・ウェイマンはいった。「ハッチでさえもね」

ほかの女たちはあらためて笑った。だれひとり秩序を守ろうなどとは思っていない。ドラン・メインスターは立腹しながら《エクスプローラー》複合体のセグメント一二五七、固有名《アルマゲドン》の司令室にもどった。妻のアギド・ヴェンドル、コロフォン・バイタルギュー、ミランドラ・カインズが驚いてかれを見つめる。

「いったい、どうしたの？」アギド・ヴェンドルがたずねた。彼女はドラン・メインスターとは正反対だった。小太りのメインスターに対して痩軀《そうく》で、優美といってもいい。夫のほうはすぐに赤くなる丸顔で、実際の性格よりも親しみ深い印象を感じさせたが、アギドは蒼白で骨ばった顔で、目は大きく口はちいさかった。共通しているのはただ、好感をいだかせない尊大な話しぶりだけだった。

しかし、このハンザ・スペシャリスト四名は全員が同じタイプの者たちだった。かれらはヴィーロ宙航士のなかに忍びこみ、ヴィールス船ではじめて知りあったように見せかけていたが、実際はすでに二年前からの同僚で、宇宙ハンザとホーマー・G・アダムスに忠誠を誓っている。かれらの任務はこの交易機構の利益を維持すること。可能であれば、ヴィーロ宙航士たちの指揮をとろうとすら決意していた。

「まったく、なんなんだ？」ドラン・メインスターはうめき、右のこぶしを左のてのひらに強く打ちつけた。「船内はカオス状態だ。あんな無秩序なヴィーロ宙航士の集団と、どうやって難関を切りぬけたらいいものやら。考えてもみてくれ。火酒を蒸留した件で、三名の女を捕らえたんだ」

「くだらない」と、アギド・ヴェンドル。「どこでだって飲み物は調達できるのに」

「彼女たちは退屈しているんじゃないか」コロフォン・バイタルギューは推測した。

「問題はそこなのだ」

「おまけに、彼女らはイボイノシシだかなんだか、動物を飼っている」メインスターはあらたな報告をつけくわえた。「なんたることだ!」

「いずれカタストロフィが引き起こされるわね」ミランドラ・カインズが予言するようにいった。背が高く肩幅のひろい女で、いかつい顔をしている。彼女はバイタルギューの伴侶《はんりょ》で、夫は彼女よりもいくらか背が高い程度だった。

「この状況で、われわれは」メインスターは嘆息し、シートに腰をおろした。「植民地クロレオン人と隠者の惑星のクロレオン人の戦いを目前にしている。なのに、あの女たちの頭のなかには、火酒の蒸留のことしかない」

「せめて一杯くらい、そいつを分けてもらえなかったのか?」コロフォン・バイタルギューはかすかに笑みを浮かべながらたずねた。

「わたしは設備を破壊したのだ」メインスターは不機嫌に答えた。「くそ。ブリーがあんなヴィーロ宙航士の不良行為を見逃して、ヴィールス船の提供する可能性をみすみす棒に振るとは、わけがわからない」

「その件では、ブルは罰せられるべきね」アギド・ヴェンドルは強くいった。

「おそらく、かれはいま心地いい状況にいるとはいえないでしょう」と、ミランドラ・カインズ。「でも、あなたのいうとおりだわ。そんなことになったのは、かれ自身の責任よ。実際、いまの状況は、このだらしない行動から生じた結果ね」

それは完全に正しいというわけではなかったが、ほかのハンザ・スペシャリスト三名は無言で同意した。かれらはレジナルド・ブルを軽蔑している。ブルがはじめから、ヴィールス船の秩序や規律に配慮しなかったためだ。

「なんとかしなくては」ドラン・メインスターがいった。

「もちろん」アギド・ヴェンドルが賛成した。「《アルマゲドン》からあの集団をほうりだすのよ」

「まさにそのつもりだ」と、生態学者。「あの鬼女たちは、放逐を味わうはじめての者になるのだ」

かれは立ちあがり、女たちの爪でできた傷を指先でなでると、飲料自動供給装置からコーヒーをとった。

「もし、ほかの船でブリーが暴徒たちに対処しないとしても、それはかれの問題だ。結果はかれが負えばいい。しかし、ともかく《アルマゲドン》では秩序をたもたなくては。方法はただひとつ。われわれ四名でこの船を占拠するのだ」

「で、そのあとは？」と、アギド・ヴェンドル。

「わたしにもまだわからない」メインスターは答えた。「われわれはアダムスからエスタルトゥでのあらたな市場を確認するようにたのまれたが、そこでなにが待ちかまえているかは教えてもらえなかった」

「アダムスには無理だったわ」ミランドラ・カインズが指摘する。

「そうだな」生態学者は認めると、シートにもどり腰をおろし、考えこみながらコーヒーカップを両手でもてあそんだ。「おそらくかれは〝永遠の戦士〟のことも、ストーカーが賞讃した至福のリングがなにを意味するかも、知らないのだろう」

「クロレオン人がだれも、ストーカーすなわちソト＝タル・ケルやエスタルトゥの名前を知らないというのは、実際、妙だよな？　クロレオン人はそれらについて、ほんのわずかな知識さえないのだ」コロフォン・バイタルギューがいう。

「ああ、たしかに」メインスターが応じた。「だが、エルファード人ヴォルカイルは知っているはずだ。いわゆる〝最後の闘争〟を指揮するのだから、ある程度の情報を握っているはず」

「わたしたち、どうする？」ミランドラ・カインズがたずねた。「つまり、わたしたちはどっちの側につく？　あるいは、この戦いから距離をおく？」

「それは無理だ」コロフォン・バイタルギューがいった。「クロレオン人がみずから滅ぶのを傍観するわけにはいかない。つまり、現実的な理由から考えて、隠者の惑星が放射線で汚染されて生物の生存が不可能な荒野になりはてないよう、つとめなくては」

「まったく正しい意見よ」ミランドラが賛成した。「わたしたちはあらたな商談の可能性を探るためにここにいる。自滅に向かう種族とは交易できないし、放射線で汚染された荒野でもなにもできないわ」

「ほかに選択肢はない」ドラン・メインスターがまとめた。「われわれはヴォルカイルの側につかなくてはならない」

「それがよさそうね」ミランドラがいった。

「いいぞ」生態学者は破顔した。「最後の闘争がどうなろうと、まったく関係ない。ヴォルカイルが勝者になるのだ」

「ああ、わたしもそう思う」コロフォン・バイタルギューがいう。「かれの味方につくことが、アダムスの意図に沿って行動することになる。これで宇宙ハンザはすでに、おとめ座銀河団への入口に足をかけたことになるだろう」

「で、ヴィーロ宙航士たちは？」アギド・ヴェンドルがたずねる。

「わたしはどうでもいい」と、ドラン・メインスター。「あるいは、かれらに気づかいをするか、配慮だけでもするべきだと思う者はだれかいるか？」

「いや、まったく」〝極限惑星建築家〟のバイタルギューが答える。

「かれらは自分たちの運命について、自分で責任を負うのよ」アギド・ヴェンドルはつけくわえた。「緊急時に行動できる指導的な存在をブルのそばに数名おくために、かれらはとっくになにかすべきだった。でも、かれらはなりゆきにまかせてきたわ。これではだめだと忠告しても、にやけるだけで」

「かれらをほうりだそう」メインスターはくりかえした。「早ければ早いほどいい。かれらを《アルマゲドン》から追いだし、われわれは複合体を離脱するのだ」

「了解」ほかの三名は異口同音《いくどうおん》に応じた。

「パラライザーのスイッチを入れろ」生態学者はいった。「できるだけ暴力の行使は避けたいが、どうしようもないときはからだを麻痺させよう」

「かれらが理性的だといいけど」アギド・ヴェンドルは嘆息し、ベルトのマグネット留め金に銃を固定した。「つまり、わたしが自分で暴徒を船から運びだす気はないわ。かれらにはみずから出ていってもらわないと」

ハンザ・スペシャリスト四名はヴィールス船の司令室を出て、分散した。セグメントの全域で同時に、招かれざる客を捜索できるように。まもなくドラン・メインスターは、女三名がアルコールの醸造をしていて驚かされたラボに入った。

ハッチのところで愕然として立ちどまる。ラボにはいまや女三名だけでなく、さらに二十名ほどの男女が集まっていたのだ。スピーカーから騒々しい音楽が響きわたり、床には動物がたくさんいる。てのひら大のトカゲから、六本脚で裂肉歯を持ち、おどすように目をぎらつかせる猛獣までいた。

「いらっしゃい、ドラン」ジェニー・グロマが呼びかけた。持っていたグラスを上機嫌でかかげる。「あなたも戦いを見たいの？」

「戦い？」生態学者はたずねた。「戦いとは、なんの話だ？」

「楽園トカゲの戦いよ、もちろん」と、ジェニー・グロマ。「その話、しなかったかしら？」

「まったく、どうかしてしまったのか？」メインスターはあえぐようにいった。「てっきり反省して、思いどおりにはいかないと悟ったと思ったのだが」

ヘンリエット・ジムドリックスは笑った。

「反省ですって？　ドラン、鼻ほじりこそが、ときには反省していることをしめす唯一の証明だという人々も大勢いるのよ。さ、こっちにきて、いっしょに一杯どう？」

「戦いだ」後方でだれかが大声をあげた。「戦いがはじまった」

ジェニー・グロマ、ヘンリエット・ジムドリックス、それにほかの者たちが、隣室が見える側に駆けよった。

クリス・ウェイマンが歓声をあげる。

「あれは最大の個体ね」彼女はよろこんだ。「こんな戦いを見られるとは思ってもみなかったわ。みんな、楽園トカゲって、びっくりする生物よね」

「わたしはもっとおもしろいものを見たことがあるわ」と、ジェニー・グロマ。

「どんなもの？」ヘンリエット・ジムドリックスがたずねた。ほかの者たち同様、ドラン・メインスターの存在をすっかり忘れたようだ。生態学者はとほうにくれて、ハッチのところで立ちつくした。ヴィーロ宙航士の数が多すぎる。全員を麻痺させるのは不可能だし、そんなことをしたくもない。

「母親が幼い娘を十四分間、水にひたしたの。それは困らせるためではなくて、おもしろい泡を見るためだったんですって！」ジェニー・グロマは笑った。

ヴィーロ宙航士たちは哄笑《こうしょう》した。《アルマゲドン》を去るようにとうながすドラン・メインスターの言葉など、だれも聞いていない。

「はじまるわ」女たちのひとりが高い声をあげた。「すでに戦っている」

ドラン・メインスターは物見高く前に出ていき、ガラスごしに隣室が見える場所まで向かった。そこでは色鮮やかなトカゲ二体がたがいに戦っていた。見たこともないほど美しい爬虫類で、うろこが鮮やかに輝いている。体長は三メートルできわめて力が強そうだ。怒ってぶつかりあい、鋭い歯ではげしく血が出るような傷を負わせている。

攻撃がくりだされるたびに観客は大声をあげ、トカゲが後退するたびにやじを飛ばした。

ドラン・メインスターはパラライザーをとりあげ、トカゲを撃った。トカゲはすぐに倒れ、仰向けになり、四本の脚を左右に広げた。

「いったい、なにが起きたの？」ジェニー・グロマが不機嫌そうにいった。「ちょっと、そこでだれか、なにかしたのね」

男たちのひとりがドラン・メインスターをさししめした。

「かれだ」

ハンザ・スペシャリストはハッチのほうにさがっていった。銃をかまえる。

「そうだ、わたしだ」かれは応じた。「パーティは終わりだ」

「あのいやなやつのせいで、あらゆるお楽しみがじゃまされる」クリス・ウェイマンが憤慨した。「いったい、どうなってるの？」

「きみたちがなにを考えているのかは知らない」ドラン・メインスターは答えた。「ひょっとして、いまは宇宙をクルージング中とでも思っているのだろう。だが、違う。われわれはある惑星の周回軌道にいて、そこではいまにも恐ろしい戦いが勃発しようとしているのだ。この戦いで……クロレオン人たちはこれを最後の闘争と呼んでいるが……種族がまるごと消滅しかねない。事態はきわめて深刻だ。この状況下でだれが楽しむことなどできようか」

クリス・ウェイマンは大きなあくびをした。

「疲れたわ。わたしのビール腹に布団をかけて休もうかしら。主よ、あすはこの雄猫をこんなに凶暴にしないでください。そして、どうかまたわたしの渇きを癒してください。ほかのことはどうでもいいです」

男女がどっと笑った。

「ほら、あなたのくだらない話をわたしたちがどう思っているか、わかったでしょう」ジェニー・グロマがいう。

「救いようがないな」ドラン・メインスターはうめいた。「もうたくさんだ。《アルマゲドン》から降りてくれ。われわれは複合体を離脱して、隠者の惑星への着陸を試みる。そのさい、きみたちのような者は不要だ」

「どうして?」ジェニー・グロマはたずねた。「わたしたち、かわいげがたりない?」

「きみはすごく美しいというわけではないだろう」かれが答える。

「あなた、目がついていないの、太っちょ? わたしより美しい者なんているわけないわ。もしいるなら、それは化粧のおかげね」

彼女はまたユーモアのきいた発言をして、仲間を味方につけた。ドラン・メインスターは、騒ぎがしずまるのを待ち、パラライザーを発射した。ジェニー・グロマと女のひとりが麻痺して倒れた。

「これで自分が強いと感じてるんでしょうね、どう?」クリス・ウェイマンは軽蔑するような口ぶりでいうと、ジェニーのわきに膝をつき、その頭を慎重にかかえあげた。同情するようにこの若い女をなでる。「わたしたち、《アルマゲドン》から降りるなんて、これっぽっちも考えていないわ。隠者の惑星で起きるかもしれない戦いなんて、わたしたちにはまったく関係ないもの」

「考えてみて、みんな。その戦いでテレビが壊れるのよ」ヘンリエット・ジムドリックスはくすくす笑う。だが、こんどはだれも笑わなかった。

「出ていけ」メインスターは命じた。「急いで立ち去るのだ。さもなくば、全員を麻痺させて、ロボットで運ばせる。そんな展開はうれしいものではないだろう」

ヘンリエット・ジムドリックスはイボイノシシのような見かけの動物のわきにしゃがんで、なにか話しかけた。すると、動物はドラン・メインスターに向かってのそのそ歩いていき、かれのわきで立ちどまり、からだをこすりつけると、片脚をあげる。メインスターは悪態をつきながら横に跳び、若い女に狙いをつけて撃った。ヘンリエットは直立不動になり、床に倒れた。

「さ、みんな」男のひとりがいった。「メインスターはとうとう完全に頭がおかしくなった。全員を麻痺させる気だぞ。われわれは下船しよう。ほかのセグメントにうつれば、ここより楽しく過ごせるだろう」

かれらはそれぞれ小動物をかかえ、ラボを出た。大型の動物はそのあとをついていく。

ドラン・メインスターは獣のグリーンの目と視線が合って、背中に悪寒《おかん》がはしるのを感じ、銃を向けた。このような危険な動物を船に乗せるとは、まったく理解不能だった。

2

ハンザ・スペシャリスト四名に非難されていたレジナルド・ブルは《エクスプローラー》の下層部にいた。メンターのストロンカー・キーンとラヴォリーも船内にいるのだが、かれらはまたべつの場所にいる。

ブリーは、目の前のコンソールにのった指のない手袋を考えこみながら見つめた。ストーカーの〝パーミット〟により集中してとりくみ、その技術的な可能性を探るつもりだった。ヴィールス船からそう忠告されたのだ。

かれはシートにゆったりとすわり、必要とされる首尾一貫性をもってこの手袋にどうとりくめばいいのか、決めかねていた。

「きみはこの決闘の手袋を、わたしよりも巧みに分析できるだろう、ヴィー」かれはいった。「なぜ、実行しないのだ？」

「わたしにはできないとおわかりでしょう」ヴィールス船が答える。「あなたが自分で精神的に対決しなくてはならないのです」

「精神的に？」

「精神的にです」ヴィールス船がきっぱりいう。「ただ、警告しておかなくてはいけないのですが、そういった対決がまずい結果をもたらす可能性もあります」

「だれにとっての？」

ヴィールス船は答えなかった。

「まったくごりっぱなことだ」テラナーはつぶやき、短く刈っている赤毛をなでた。

「わたしがだいじな質問をすると、いつもきみはだんまりなのだな」

かれの最後の質問を、ヴィールス船は重要なものとみなしていないようだ。だが、ブリーにはわかっている。ほかの選択肢はまったくない。自分はかならずパーミットと対決しなくてはならないのだ。ストーカーにわたされたこの手袋は〝開け、ゴマ〟のような機能を持つ。しかし、これは本当にそんなものなのだろうか？　あるいは、裏になにかほかのことがひそんでいるのではないだろうか？

かれはすぐ目前に迫る最後の闘争について考えた。部隊の編成はすんでいる。いまや決戦の火蓋がいつ切られるかは、時間の問題だろう。この闘争がどのように推移するか、自分はわかっていると思う。最後はすべてのクロレオン人が負けて、隠者の惑星は住民のいない、放射能で汚染された荒れ地となるだろう。

そのような結末は、なんとしても避けなくてはならない。クロレオン人の破滅を阻止するために全力をつくす必要がある。

手袋とコミュニケーションをはかろうと集中するのも、そのためか？　精神的な対決とはそれ以外にありえない。

「もちろんそうだ」かれは小声でいった。「まさにそのとおり。精神的な対決とはそれ以外にありえない」

内戦はあってはならない。どんな状況であっても。

ブリーは手袋を見つめた。戦士のこぶしに集中する。このとき、永遠の戦士、至福のリング、クロレオン人、最後の闘争といった言葉が頭をよぎった。

しだいにあらゆる重荷が消えていくように思えた。ヴィールス船内はもはや無重力のようだ。ブリーはシートからはなれて、空中を漂っているような気がした。心臓の鼓動がどんどん遅くなっていく。

目を閉じようとしたが、うまくいかない。まぶたがしだいに重くなっていくが、さがらないのだ。

手袋がコンソールからはなれ、かたちを変えた？　未知の力が自分のものを奪い、非現実な世界につづく脇道に向かわせようとする。ブリーはそれにあらがった。目を大きく見ひらくと、手袋のかたちは変わっていない。そのかわり、手袋から身長二メートルほどの一生物があらわれたのが見えた。その生物は触れられるほど近くまで接近してくる。

「ストーカー……」かれはつかえながらいった。麻痺状態から抜けだし、からだをまっすぐに起こす。ヴィールス船の司令室にいる自分のそばにストーカーがあらわれたのではなく、金属の手袋がストーカーのような姿のホログラムを空間にうつしだしているのだと把握した。実際に目の前にいるように感じるほど生き生きとしている。

レジナルド・ブルはヴィールス船が精神的な対決をもとめた理由がわかった。戦士のこぶしは、これまで思っていたよりもはるか内側の奥にその姿をかくしていたのだ。

ホログラムが両腕をあげて、こちらに目を向けた。しかし、自分が実際に見られているという感覚は生まれない。相手の視線はブルを貫きとおしている。

「わたしを呼んだな、友よ」立体像が発声した。

「呼んだ？」ブリーはかぶりを振った。「まあな……そんなところだ」

「われわれの精神エネルギーが接触したのだ。それで、きみは永遠の戦士の力についていくらか知ることになった」

「わたしはホログラムを見ているのだ」テラナーは淡々と応じた。「技術的にはそれほど驚くようなものではない」

「永遠の戦士たちは自身をエスタルトゥの主だと感じている」立体像はつづけた。

ブリーは立ちあがった。ホログラムの周囲をまわり、あちこちから眺め、うながす。

「それで？」

「永遠の戦士には揺るぎない〝法典〟がある。かれらは屈伏と服従をもとめるのだ。しかし、このパーミットを持つきみは、不可触の者としてとらえられている。それでも、戦士法典により近くでとりくむのがいいだろう」

ブリーは立ちどまった。冷静に両足の母趾球の上でからだを揺らし、両腕を背中にまわす。この会話はけっして拘束力がないものと、この瞬間まで感じていたから。いつかどこかでこの会話の情報をホログラムにあたえた未知者がいる。その者が自分になにを伝えたいのか、好奇心から知りたかった。しかし、いつでも好きなときに引きさがれると確信していた。

「おもしろい」かれはいった。「で、まだなにかあるのか?」

「きみは、理解するために、戒律をよく知らなくてはならない」

「いいじゃないか。聞かせてくれ」

「それは〝服従の戒律〟、〝名誉の戒律〟、〝戦いの戒律〟だ。〝恒久的葛藤〟が哲学だ」

ブリーは身じろぎもしなかった。視線は手袋に向けていた。自身に変化が起きているのが感じられる。平静さはすでに失われていた。宇宙船は自分の周囲で霧散したかのようだ。ここには手袋、ホログラムの映像、自身しか存在しない。精神的な対決がまさにようやくはじまったのだと感じた。自身に起きる変化から身を守ってはいるが、メンタル安定人間であるにもかかわらず、最初からこの戦いには負けるだろうと悟っている。ヒュプノ作用を受けてはいないが、ホログラムは、いま聞いた主題にとりくむことを強制するようななにかを発している。ブルの思考はまだ戦士法典の周囲をまわるだけで、永遠の戦士の戒律とかれらの哲学の核心を手袋の映像が引用するのを、くりかえし聞いているような感じがした。

服従の戒律。

名誉の戒律。

戦いの戒律。

恒久的葛藤が哲学。

これらの言葉が何度もたちのぼり、銀河外の悪魔メフィストのように出現した者の映像がくりかえし見えている。この生物は直立不動で、腕を伸ばし、頭を軽く前に突きだし、肩をうしろにそらしている。

服従。名誉。戦い。恒久的葛藤。

永遠の戦士の世界、その内面、存在、思考、行動。

ブリーはこうしてめぐる考えをおさえこもうとした。ヴィールス船と話をしたいと思うが、聞いた言葉が頭からはなれない。

その反対だった。

これらの言葉がしだいにブリーの頭を占めていく。

服従？　それは戦士の最高の美徳だ。服従を拒否する戦士にどんな価値があるだろうか？　戦士が服従を忘れたら、どうして戦いに勝てるだろう？

服従はもっとも重要な戒律にちがいない！

名誉？　それは戦士の最大の義務だ。名誉を疎《うと》んじる戦士にどんな価値があるだろうか？　自分が信じるもののために戦えず、あらゆる侮辱に対抗する覚悟ができず、なんのために戦うのかわからないではないか。

戦い？　それは戦士の暮らしのすべてだ。戦いが、思考と感覚の中心を占める。ほかのものとはかえられない。暮らしのすべてが戦いではないのか？　がんばっていきたいと願うことは、戦いではないのか？　戦いのために立ちあがれない者は、敗北したも同然である。戦いは自然法則だ。どんな動物も植物も、存在しつづけるためには戦わなくてはならない。それなのに、もっとも高度に発達した生物が、自然にあらがって後退していいのだろうか？

恒久的葛藤は、永遠の戦士の信条だ。永遠の戦士が、ほかにどこからエネルギーや革新を生みだすというのか？　いつまでもつづく葛藤は、戦士にあらたな解決法を探すよう強いる。葛藤は戦士にとって最大の挑戦であり、最高の能力を引きだすもの。葛藤が終わってしまえば、よけいなものがあらわれ、向上のための刺激がなくなる。ほかの者に対する力は失われ、戦いつづけるべつの者が勝利をおさめることになるだろう。恒久的葛藤は哲学にちがいない。葛藤の終わりは、戦士の戒律に対する裏切りとなり、同時に名誉の喪失をもたらすのだから。

ブリーは手の甲で唇をぬぐった。

この事実関係にこれまでまったく思いいたらなかったとは奇妙だ。永遠の戦士として、これは自身の血肉になっているはずだったのに。

いぶかしげにかぶりを振り、自動供給装置のところに向かい、水をすこし飲んだ。一時的に頭がぼんやりしていたようだ、と、かれは思った。

考えこみながら、あらためてシートにすわる。

このきわめて困難な状況で、ふたたび正気をとりもどせたのはよかった。わたしは永遠の戦士なのだから。わが存在が最後の闘争の決め手となるだろう！

永遠の戦士は油断をおこたってはならない。使命に集中するのだ。

ブリーはグラスを装置のコンソールに置いた。

そのとき一瞬、囚《とら》われていた呪縛から解放される。

ストーカー、あの悪魔め、と、かれは考えた。かれは、クロレオン人の不幸をわたしの責任にしたいと望んでいるのだ。

だが、そのあとまた、ホログラムによってつくりだされる精神的な束縛が生じた。

「船内にいるのは、わたしたちだけよ」アギド・ヴェンドルが伝えた。「暴徒たちは全員、船をはなれた」

ドラン・メインスターは満足そうにほほえんだ。

「よくやった」と、ほめる。「われわれは離脱しよう。すでに船に指示はしてある」

ヴィールス船は、あらためて話しかけられる必要もなく動いた。ホログラムの映像は、船が《エクスプローラー》複合体からはなれるようすをしめしている。

「隠者の惑星へのコースをとれ」メインスターは命じた。自身が指示をくだすのが当然と考えていた。「ヴォルカイルの拠点に着陸する」

ヴィールス船がヴィシュナの声で報告した。

「その行動はよく考えるべきです」と、いう。「ヴォルカイルの拠点への訪問は、賢明とはいえないでしょう」

「変更はない」ドラン・メインスターの決断は揺るぎなかった。

ヴォルカイルは、陸・水・空のどこでも同じように移動できるハリネズミ装甲車で、南半球にある島のひとつへともどっていた。そこには高さ五百メートルの塔が建っている。高出力のエネルギー・フィールド・ジェネレーターだ。

ヴィールス船は高速で《エクスプローラー》複合体からはなれた。

ハンザ・スペシャリスト四名は司令室にいて、まもなく目標を達成できると確信していた。

しかし、それは勘違いだった。

ヴィールス船が隠者の惑星の大気圏に突入し、惑星のひろい海域が特徴となっているあたりに接近すると、矢のかたちをした成層圏戦闘機が飛んできて攻撃を開始したのだ。

ヴィールス船ははげしく揺れ、最初の一撃で早くもコースからはずれた。

「抗体タイプのクロレオン人だ」と、メインスター。「くそ、なぜ、かれらがじゃまだてするのだ?」

「任務だからだ」コロフォン・バイタルギューが答えた。「かれらは異物を排除しなくてはならない」

アギド・ヴェンドルはヴォルカイルがいる島を発見した。高さ五百メートルの塔は見逃しようがない。

抗体の戦闘部隊の攻撃は間断なくつづいたが、ただヴィールス船をもとのコースから外にますます押しやるだけだった。かれらが使える武器で、深刻なダメージをもたらすものはない。

「あなたたちが反撃は望んでいないという前提で考えますが」船が陰鬱《いんうつ》に告げた。

「まさにそのとおりだ」ドラン・メインスターがいう。「われわれにその予定はない」

「もちろんよ」ミランドラ・カインズがつけくわえた。「でも、どうしてコースをもどさないの？　わたしたちはヴォルカイルのもとに行きたいのよ」

「なにかに強制されているのです」ヴィールス船が応じる。「獣のように強いエネルギーに」

「つまり、何者かがきみに精神的な影響をあたえようとしているということか？」ドラン・メインスターがたずねる。「なんらかの対応ができるだろう」

「無理です」船は苦境に立たされたようにうめき声をあげた。

船は急降下した。ヴォルカイルの島がはるか彼方に消える。

「大きな島に接近しているわ」アギド・ヴェンドルが確認した。彼女は声を震わせ、目の前に生じたホログラム映像をさししめした。その手もひどく揺れている。

「抗体たちが姿を消した」ミランドラ・カインズがつけくわえる。その声にも不安がにじんでいた。

いま、ヴィールス船は海上五百メートルの高度を飛んでいるが、高さ二千メートルに達するような円錐形の山がいくつもそびえる島に突進していた。

「速度を落とすんだ！」コロフォン・バイタルギューが大声を発した。「くそ、集中しろ。山に衝突したいのか？」

ヴィールス船から応答はなかった。さらに降下して、青く光る海面からわずか五十メートルの高度までさがる。その向こうに海岸がひろがる島には植物が繁茂し、着陸できるような場所は見あたらない。カタストロフィが起きるのは避けられないだろう。ドラン・メインスターは船に作用するエネルギーを感じた気がした。一瞬、自身も抵抗できない力で引っ張られる感覚があったのだ。

　ようやく船の速度が落ちてきて、かなり減速しながら海岸のけわしい岩礁をこえた。しかし、ここでも降りられる場所はなく、うっそうと茂る植物のなかに轟音《ごうおん》をたてて突っこんだ。ハンザ・スペシャリスト四名の耳に、木々が砕けて飛び散る音が聞こえた。どこかで爆発も発生。船は地面に接して、はげしく揺れながら停止した。

「模範的な着陸とはいえないな、ヴィー」コロフォン・バイタルギューがとがめる。

「もっとうまくやりたかったのですが」と、ヴィールス船。「わたしを引く力があまりに強すぎたのです」

「それで、いまは？」ミランドラ・カインズがたずねた。「その力はどうなの？」

「まだ作用していて、もはやスタートできなくなっています」

「そいつは大変な見通しだ」ドラン・メインスターがうなった。「ここからヴォルカイルがいる島までは、すくなくとも五百キロメートルはある」

「ほぼ千キロメートルです」ヴィールス船が修正する。

「それで、わたしたち、どうするの？」ミランドラ・カインズがたずね、壁にもたれて胸の前で腕組みする。上着は肩の部分が張っていて、二の腕の力強い筋肉が目立っていた。「船を降りて周囲を見てみない？　ヴィーをしっかり捕まえているそいつを見つけださなくちゃ」

彼女は武器を使わずに自己防衛する方法に長《た》けている。あちこちの極地でサバイバル訓練に参加してきて、敵対的でありそうな環境に跳びこむのも恐怖を感じないのだ。

「そうするしかないな」コロフォン・バイタルギューが認めた。額から黒髪をはらう。かれは身長百八十五センチメートルの痩軀で、ほとんど痩《や》せこけているといってもよかったが、力は強い。「きみのいう〝そいつ〟を無害なものにしないと、われわれ、スタートできない。それは問題だ。解決するための時間がたっぷりあるわけではなく、クロレオン人の最後の闘争がいつはじまるかわからない。ここをはなれてヴォルカイルのところへ行くのは、早いほどいいだろう」

「では、疑問点はないな」ドラン・メインスターがいった。「さ、行こう。それとも、まだなにか確認したいことでも？」

ほかの三名が答えなかったので、かれは司令室を出た。主エアロックのそばで、ハンザ・スペシャリスト四名は、ヴィールス船がセランにならってつくったヴィランを着用した。この防護服は特別に軽量で、ホーマー・G・アダムスの代理人たちはそれを身につけると、安全だと感じられた。隠者の惑星の大気は人類にとって充分な酸素を含有しているが、けっして吸いこんではいけない毒性のある気体も混ざっているから。

なにもいわなくても、エアロックが開いた。ドラン・メインスターが先頭に立って出ていくと、船の前から無数の昆虫が飛び立った。目の前に巨大なキノコが大量に生えているのが見える。ほとんど子嚢《しのう》菌類で、上に向かって口を開いた大きなグラスのようだ。側部は襞《ひだ》状で腐りかけていて、そこに虫やあらゆる小動物が群がっている。

キノコのあいだに、草の茎のような木々が細々と生えていた。キノコよりも高く伸びて、穂と考えられるものが光をぞんぶんに浴びている。

「どこに行く?」と、アギド・ヴェンドル。ぽんぽんとヴィールス船の壁をたたいて、「なにかヒントをもらえない?」

しかし、船は黙っていた。彼女が思っているよりも、ずっと問題は大きいようだ。

ミランドラ・カインズは船の武器庫から持ってきたコンビ銃を点検した。

「なんだか変な感じだわ」彼女は告白した。「監視されている気がする」

「このキノコのジャングルで、クロレオン人が生活しているとは思わないだろう?」バイタルギューがいう。極限惑星建築家は疑うようにかぶりを振った。「わたしにはまったく想像できない。ここほど健康を害しそうな地域はどこにもないだろう」

腕ほどの長さのアリがすぐそばを列をなして通りすぎるのを見て、かれはぞっとした。

ヴィランを着用しているおかげでこの環境からしっかり守られていることに安堵する。このような防護服がなければ、かれ自身、この朽ちたキノコの森のなかに出ていこうとは思わなかっただろう。

「ほら！　やっとよく見えた」アギド・ヴェンドルが大声をあげた。「木のうしろにだれかがいたわ。たくさんの目があった」

かれらが船からはなれると、ヴィールス船のエアロックがふたたび閉まった。キノコの笠のひとつから大きなグレイの鳥が一羽、降下してくる。アギド・ヴェンドルにぶつかってきたが、防御バリアにはねかえされ、があがあ鳴きながら飛び去った。

ドラン・メインスターは、腐った切り株数本のわきで立ちどまった。

「奇妙だ」かれはいった。「ここをたどっていくしかないという感じがする。なにか思考する存在が、われわれに影響をあたえようとするのを感じる」

薄く目の細かい網が頭上のキノコの笠から笠にひろがり、そこにこぶし大のクモがうずくまっていた。ミランドラ・カインズはヴィランの飛翔装置のスイッチを入れ、網の下を飛びまわり、大きく裂けた茎が何重にも重なって伸びるキノコに近よった。テラのホウキダケに似ている。そのとき、上からブルーグリーンの菌膜が舞いおりてきて、からだがすっかりつつまれた。

「見てよ、ほら」彼女は笑った。「このやさしい物体は、防御バリアの存在を知らないようね」

次の瞬間、彼女は叫び声をあげた。防御バリアが突然に崩壊し、この菌膜が右腕にしっかりからみついたのだ。ほかの三名は彼女のもとに急ぎ、助けようとしたが、菌膜はヴィランと一体化して、もはやはがせなくなったのがわかった。

「防御バリアがきかない」ミランドラはあえいだ。

さらに三つの菌膜が、恐ろしい速度で同じように舞いおりてくる。アギド・ヴェンドル、ドラン・メインスター、コロフォン・バイタルギューも、事態を把握できないうちにブルーグリーンの菌膜につつまれてしまった。かれらの防御バリアは崩壊し、ふたりの男は右腕に、アギド・ヴェンドルは左腕に菌膜がからみつき、ヴィランと一体化する。その後、全員の防御バリアが使用不可能となった。

「船内にもどろう」ドラン・メインスターは決断した。「こんな状況で外にいるなんて、どうかしている」

かれらはうしろを向き、飛翔装置のスイッチを入れてヴィールス船に向かって飛んだ。

つづいて、また驚くべきことが起きた。

宇宙船がかれらを入れようとしないのだ。エアロックを開放しない。

「これを恐れていた」ドラン・メインスターはいった。顔が怒りで紅潮している。こぶしでエアロック・ハッチをたたく。

「ヴィーは、自身が大きな問題をかかえていなければ、わたしたちを助けるわ」アギド・ヴェンドルは、生態学者をなぐさめるように、その腕に手を置いた。

キノコの森からまだら模様の巨体が姿をあらわした。腕ほども長さがある裂肉歯でミランドラ・カインズをおどす。コロフォン・バイタルギューの妻の反応はいくぶん遅れたため、大きな前足が命中し、地面にたたきつけられた。そのとたん、獣は彼女に跳びのった。猫のような姿で、体長は七メートル。グリーンの目が光り、脚の爪が目立つ。

猛獣の裂肉歯にヴィランのヴァイザーが当たって音をたて、ミランドラはぎょっとした。飛翔装置のスイッチを入れ、高く上昇して逃げようとするが、猛獣にしっかり押さえられ、何度もはげしく前足でたたかれる。それでもなんとかバイタルギューが妻に当てないように麻痺銃を発射したおかげで、彼女は助けられた。猛獣のからだから力が抜け、地面に倒れて伸びる。アギド・ヴェンドルはそのまぶたを閉じてやり、虫が入らないようにした。

「うまく生き伸びるといいけど」アギドはいった。「ほかの動物に襲われそうね」

「そこまでは世話できない」メインスターがはねつける。「われわれにはべつの心配ごとがある。この島をできるだけ早くはなれなくては」

「もちろん、あなたのいうとおりよ」彼女は賛成した。「《アルマゲドン》がなにに捕らえられたのか、早く見つけだしましょう」

「飛ぼう。そのほうが安全だ」ドラン・メインスターが指示した。

コロフォン・バイタルギューはミランドラ・カインズを引きよせた。ミランドラはぼんやりと笑みを浮かべていった。

「けがはしていないわ。ただ、それなりに全身に恐怖がはしったわね。猛獣に襲われてその口のなかをのぞきこむのは、まったく気分がいいものではなかったから」

3

ストロンカー・キーンはレジナルド・ブルを不思議そうに見つめ、たずねた。

「本気でいっているのですか？」

「当然のこと」と、ブリー。「解決策は恒久的葛藤だ。つねに挑発をもたらし、興奮を引き起こす」

「理解できません」ヴィールス船がいった。その声は暗く、きわめて女性的に響いた。

「あなたは変わりました」

「変わった？」ブリーは不可解そうに笑みを浮かべてかぶりを振った。「わたしは真実を見ぬいたのだ。それだけのこと。自分が永遠の戦士のひとりだとはっきりわかった」

かれは、それまですわっていたシートから立ちあがって命じた。

「いまから離脱する。クロレオン人の植民惑星艦隊の先頭に立つのだ」

レジナルド・ブルは左手に金属でできた〝決闘の手袋〟をつけている。かれは、予測しなかったエネルギーを自分が発しているのを感じた。なによりこの手袋があると、自身が天分に恵まれた戦略家で、指導者だという気になる。

「わたしが正しく理解できているなら、あなたは最後の闘争の決着をつけようとしていますね」と、ストロンカー・キーン。ヴィールス船がクロレオン人の植民惑星艦隊に接近するあいだに、そういった。

「まったくそのとおりだ」ブルは応じた。水色の目が狂信的に輝いている。「わたしは自分の偉大な使命を悟り、それを受け入れた」

キーンは首を振り、疑うように友を見つめた。

「あなたのそんな話しぶりは見たことがありません、ブリー。わたしをかつごうとしていますか?」

「いや、そんなことはない。隠者の惑星のおかげで、これまで眠っていたなにかが、わたしのなかで目ざめたのだ。隠者の惑星はわたしにとんでもない挑発をしかけ、同時に責任を背負わせた。最後の闘争は避けられない。それが完全にはっきりした。その決着はわたしにゆだねられている」

ストロンカー・キーンはごくかすかな微笑を見せ、考えこむように、友を見やった。

「わかりました」ブリーにうなずくと、司令室を出る。あの〝永遠の戦士〟は当人が口にしたほどは真剣に考えていないと、キーンは確信していた。結局、レジナルド・ブルのことはよくわかっている……気性がはげしく、ときには粗野になることもあるが、軍国主義者や戦争推進者などではけっしてない。

司令室でブリーは、ストロンカー・キーンとラヴォリーがすこし会話したあとにべつの船にうつるのを見守った。

一瞬、かれは笑みを浮かべると、ふたたびシートに腰をしずめて命令した。

「離脱せよ」

「その行動が、よく考えての結果だといいのですが」ヴィールス船が応じた。

「離脱といったのだ！　変更はない」

「お望みどおりに」

《エクスプローラー》はヴィールス船の複合体からはなれ、クロレオン植民惑星艦隊の旗艦《シクラント》に向かった。

「そちらに移乗する」ブリーは提督たちに短く伝えた。

「了解」クロレオン人の応答があった。

まもなくレジナルド・ブルは司令室を出た。その姿は緊張していた。自身の任務の軍事的な性質を強く考え、背筋を伸ばして上着を引っ張り、動きもぎこちなくなっている。

旗艦に移動すると、将校二名に迎えられた。へりくだった挨拶があり、司令室に案内される。ここでは艦隊の提督五名が待っていた。なかに入るとすぐに、クロレオン人はどこか変わったと気づいた。そこにいるのは、もはや惑星シクラウンのタルシカー提督ではない。明らかにタルシカーよりも長身で、肩がひどく痩せた、三十六の風変わりな黄色い目を持つ者だ。提督の制服を着用している。かれ自身やほかの将校の司令室での態度から、指揮権を握っているクロレオン人ということがはっきりわかった。

ほかの惑星もあらたな提督を任命したのだと、テラナーは気づく。ひどく緊張して仔《し》細《さい》まで観察し、危険をかぎつけた。最後の闘争のための計画が崩れるのはまずい。ペルペティン、サンス＝クロル、アルヴァアンドレー、マンルドゥム、ヴィリヤンドクの各惑星の提督たちに視線を向けたあと、ブルはまたシクラウン出身の提督のほうを向いた。

「なにがあった？」テラナーはうながすようにたずねた。かれが永遠の戦士であり、ただひとり艦隊を指揮する者だということを、一挙一動に強調してにじませる。口にする言葉のひとつひとつで、抵抗にはがまんならないということを明らかにしめした。抵抗する者もいなかった。クロレオン人たちは身をかがめ、逆らうそぶりも見せない。

提督はこうべを垂れ、謙虚なしぐさで腕を背中にまわした。

「独断行動をお許しください」と、謝罪する。「われわれ、タルシカーと話しあった結果、かれを艦隊の総司令官の役職からはずすしかなかったのです。かれが充分に筋の通った行動をしないというのが判明したせいです。かれはその下にいる者たちと話をしたがっていました」

シクラウンの提督が地面をさししめしたので、クロレオン人の器官細胞の話をしているとわかった。かれらに対して、ひどく軽蔑するような態度をとっている。提督とその艦隊は、隠者の惑星に住むクロレオン人を全滅させるためにやってきたのだ。妥協はありえないし、あってはならない。

ブリーは惑星クロレオンの過去について聞いた話を思いだした。

クロレオン人は五千年前には早くも宇宙飛行を発展させ、すでにちいさな星間帝国を築いていた。そのさい、ほかの宙航士たちとも接触したもの。宙航士たちはクロレオン人に、領土拡大の意欲をおさえるように忠告してきた。好戦的な〝戦士カルマー〟と、その配下のエルファード人の注意を引かないように。

この領土拡大の時代に植民地クロレオン人は反乱を起こし、権利をさらに要求した。だが、権利はもとめたほどには認められず、かれらはヴィーロ宙航士が隠者の惑星と名づけた母星クロレオンからはなれることになった。こうしたさなかに、戦士カルマーがクロレオンに到着したのだ。エルファード人がカルマーに先行して、自分たちの強さをぞんぶんに表現してみせた。それからようやく戦士カルマーが登場し、服従と犠牲をもとめた。しかし、クロレオン人はそれを拒み、独立性を主張した。

その後、戦士は星系の外側の五惑星を破壊し、かれの〝武器保持者〟であるエルファード人はクロレオンの周囲にエネルギー・フィールドを張りめぐらした。これによってクロレオン人が故郷惑星から脱出するのを阻止したのだ。カルマーは決闘の手袋をかれらに見せて、五千年後にふたたびやってくること、受けた屈辱に対する償いを要求することを告げる。さらに、その猶予期間を使って軍備をととのえ、最後の闘争に向けて準備するようにといった。無敵の戦士に育つために五千年の時があるのだとカルマーは話し、もしも最後の闘争で真剣な抵抗を見せることができれば、クロレオン人を戦士として受け入れ、その命を救うだろうと告げた。こうして、かれは惑星クロレオンから引きさがったのだった。

植民地クロレオン人は、自分たちが永遠の戦士の意に沿って戦うことができると立証するために、ここにやってきたのだ。

ブリーは笑みを浮かべそうになるのをこらえた。

ここにいる植民地クロレオン人たちは、わたし……レジナルド・ブルが永遠の戦士だと知っている。自分たちと同じように正しく考えて行動しない提督を、かれらがすぐに追いはらったのは、なんという奇蹟か。

「よくやった」かれはほめた。「きみとほかの提督たちの名前を知りたい」

シクラウンのクロレオン人は、クァルスキガーだと名乗った。

つづいて、かれはブリーのために、提督たち一名ずつに自己紹介させた。テラナーはほとんど口をきかなかったが、自分が永遠の戦士であり、クロレオン人が五千年のあいだ待っていた存在だということを、みじんも疑っていなかった。

かれは植民惑星艦隊三千隻の指揮を引きつぎ、これによって大きな権力を掌握《しょうあく》した。
そしてこの権力を、戦士カルマーの意図に沿って行使しようと決心していた。

＊

「進もう」ドラン・メインスターはせかした。「われわれ、このいまいましい島をはなれなくては。でないと、ここで実際になにが起きているか、わからないままだろう。われわれはヴォルカイルのところに行かなくてはならない。かれは確実に情報を知っていて、説明してくれるだろう」

このとき恐ろしいざわめきが聞こえ、すぐにまぶしい光につつまれた。かれらは爆風に捕らえられ、キノコのならぶなかに飛ばされる。耳をつんざくような轟音が響いた。灼熱、灰、キノコの破片が頭上を舞い飛ぶ。

アギド・ヴェンドルは吹き飛ばされ、キノコの笠に引っかかった。ドラン・メインスターは、上向きに開いたキノコの笠に三分の一ほどたまった澄んだ液体のなかに、頭から突っこんだ。なんとか這いだそうとするが、いっこうにうまくいかない。液体にすっかりはまってしまった。反重力装置をフル作動させてようやく、べとついた塊りから抜けだすことができたが、液体は長い糸状になってどこまでも垂れさがり、どうやっても振りはらえない。

ミランドラ・カインズはクモの巣に入りこみ、こぶし大の虫数十匹に攻撃されるがままになっている。コロフォン・バイタルギューは大きな植物の幹にぶつかり、そこにしがみついていた。頭ほどの大きさがある種が穂から落下してきて、かれのヘルメットに当たり、太鼓を打ち鳴らすような音が響く。

「食肉植物に捕まった大きな太ったハエみたいね」アギド・ヴェンドルがくすくす笑い、夫のもとに飛んでいった。「どこにも触れないように気をつけて。でないと、あらゆるものがからだにくっついちゃうから」

「まったく」ドラン・メインスターは立腹した。

「なんだったの？」ミランドラ・カインズは、クモを振りはらった。「どこかに宇宙船が墜落したの？」

「宇宙船ではない。隕石だ」コロフォン・バイタルギューが答えた。「上で山に衝突してえぐり、巨大な穴をあけた。あの砂塵《さじん》を見ろ。運よく風でこちらには流れず、海に向かっている」

ハンザ・スペシャリスト四名は、遠方でいくつかの隕石が落下するのを眺めた。白く輝く尾を引き、猛烈な勢いで海に突っこんでいく。爆破のさいのように白いしぶきがわきあがり、水面に蒸気がひろがった。

アギド・ヴェンドルは木の一本に飛んでいき、とくに大きくてぶあつい葉をもぎとると、ドラン・メインスターのほうに行き、生態学者のヴィランから粘り気のある液体をぬぐいとった。

「この葉をとったことで、あなたにさしさわりがないといいけど」

「どうしてそんなことをいう？」

「なんといっても、この葉っぱ一枚で環境が変わったのよ。あなたの葉緑素意識に影響をあたえるかもしれない」

夫は笑った。

「からかうのはやめてくれ。むしろ、このべとついたやつを徹底的にとりはらうことに専念しろ」

「これが蜂蜜だったらよかったんだけど」彼女は破顔した。「だったら、アリの群れにほうりこめたのに」

「つづけてくれ」かれはうなった。「こんなものにかまっていられない」

「もうそんなにのこっていないわよ」彼女がいう。

メインスターは隕石が命中した向こうの山をさししめして、いった。

「あそこに行かなくてはならないと、本能が語りかけてくる」

「へんね」と、ミランドラ・カインズ。「わたしも同じことを感じるわ。理由はわからないけど、絶対にあの山に行かなくてはならない」

かれらは開いたキノコの笠の上を飛んでいった。ほとんどの笠にねばついた液体がたまっている。動物たちが数多く捕まり、死を招く罠から逃れようとしているが、この戦いに勝ち目はまったくない。

「あれを見ると、また思いだして気分が悪くなる」ドラン・メインスターがいう。「ヴィランを着用していてよかった」

しだいにほかの種類のキノコがあらわれた。先ほどの、笠が開いたキノコとほとんど同じくらいの丈がある。笠が大きく張りだしていて、表面は無数の瘤《こぶ》でおおわれていた。その瘤のあいだに、多くの鳥が巣をつくっている。グリーンのヘビが笠の上を這い、母鳥のはげしい攻撃をものともせず、巣のなかを空《から》にしていった。まだらの猫が、うなり声をあげながら頭を起こす。鳥が頭上を飛ぶのを見て、前足でたたき落とそうとするが、飛ぶ位置が高すぎてとどかない。キノコのあいだの暗闇から、矢のようにとがった種子が飛びだした。ハンザ・スペシャリストのところまでとどいたが、ヴィランでぶじにはねかえされる。ただドラン・メインスターには、いくつかの種子が引っかかった。

地面は山々に向けてゆるやかな上り坂になっている。キノコはほとんど見られなくなり、トクサに似た植物がそれにとってかわった。幹よりも長い蔓が垂れさがっているものが多い。その機能はうかがい知れないが、驚いたのは、すべての蔓のきわめて細くなった先端が、隕石の落下場所をさししめしていたことだった。山がこの蔓になにか特別な作用をあたえているようだ。

ハンザ・スペシャリスト四名は山に向かって飛翔した。隕石は深い穴を穿《うが》ち、いまはクレーターとなって青い煙がたちのぼっている。クレーターのはしでは植物がいくらか燃えていたが、火はまもなく消えそうだった。

ドラン・メインスターは腕についたブルーグリーンの菌膜を手でこすって、いった。

「こいつをとる方法がわかるといいのだが。けっして船に持ちこんではならない。なにが起きるか、わかったもんじゃない」

「あそこ、グライダーだわ」ミランドラ・カインズが大声でいって、謎に満ちた山をさししめした。「一機だと思ったけど、二機ね」

峡谷からグライダー二機が上昇した。機体は黒っぽく、植物におおわれた背景の岩壁からほとんどはなれていない。二機のあいだに、明るい物質につつまれた長い一物体があるのが目立つ。その物体とともにグライダー二機は、山頂のすぐ下の岩の亀裂に姿を消した。

「宇宙船だ」コロフォン・バイタルギューが大声でいう。「かくれよう。攻撃をしかけてきそうだ」

かれは北方をさししめした。そこから黒い物体が接近してくる。

「植民者の船だわ」アギド・ヴェンドルが気づいた。「用心して。向こうは本気よ」

かれらが切り立った岩の陰にすべりこんだとたん、宇宙船がすぐそばに接近した。高速で島をかすめていく。船底から、明るいエネルギー・ビームが発射された。ビームは先ほどグライダー二機が入っていった山頂を穿ち、はげしい爆発が起きた。大きなアンテナが破片になって回転しながら宙を飛ぶさまが見えた。つづいて、宇宙船も通過していき、ふたたび静寂がもどった。

「どういうこと?」ミランドラ・カインズがたずねた。

「おそらく最後の闘争がはじまったのだな」コロフォン・バイタルギューが答える。

「そのようだ」ドラン・メインスターがうめいた。「くそ、われわれはそのただなかに入りこんでいる。行こう。向こうの山をめざすんだ。上にアンテナがあるなら、きっと山にかくされた秘密の施設に通じる入口もあるだろう。ひょっとするとそこに、われわれをこの島に引きとめるものがひそんでいるかもしれない」

かれらはかくれ場から出て、山頂に向かって飛んだ。そこには白熱するアンテナの破片が散乱していた。接近すると、相当な規模の装置だったとわかる。施設もこれにふさわしく大きいにちがいない。

「あれはクロレオン人だ」ドラン・メインスターが突然、大声を発した。加速するが、もはや追いつけない。相手は破片のなかに急に姿をあらわし、また岩のあいだに消えた。メインスターの鼻先で金属ドアが閉まった。

「これからどうなる?」　バイタルギュー　がたずねる。　「ドアが開くまで、待ちつづける　か？」

「それはさすがにできない」メインスターがはっきり答えた。「最後の闘争は、外を見ようと思ったときにはすでに終了しているかもしれない。そのとき、この惑星には見るべきものはなにものこっていないというわけだ」

「では、ドアを開けるぞ」極限惑星建築家は決定した。

「そうだな」ドラン・メインスターはコンビ銃を分子破壊ビームに調整し、ドアの切断にとりかかった。数秒後、ドアは向こう側に倒れ、金属製の床に当たって大きな音をたてた。ひろいスロープが下に向かってのびている。

「防御バリアがあったらよかったんだけど」アギド・ヴェンドルがいった。「クロレオン人に攻撃されたら、ヴィランも役にたたないわ」

四名は浮遊して通廊に入った。天井の光る素材によって明るく照らされている。通廊の高さは二十メートル、幅は四十メートルあった。三十メートルほど進むと行きどまりになり、直径五十メートルの、下に向かう垂直シャフトが見つかった。

「とんでもなく奥深くに向かっているわ」と、アギド・ヴェンドル。「先がどうなっているのか、わたしには見当もつかない」

「わたしもだ」ドラン・メインスターがいう。「下に着いたら、わかるだろう」

かれはシャフトの縁をこえると、ヴィランを作動させて地下に向かった。ほかの者たちもあとにつづく。二百メートルほど降下すると、シャフトの終わりが見えてきた。下にはグライダーが二機とめてある。この瞬間、シャフト壁のはねあげ扉が開いた。なにが起きているか理解できないうちに、かれらはパラライザー・ビームに捕らえられ、からだが麻痺してしまった。

すこしして、かれらがシャフトの底に着いたとたん、クロレオン人が数名あらわれた。全員が床までとどくブルーグリーンの修道服を身につけて、腕に幅のひろい帯を巻き、頭には飾りのついた赤い帽子をかぶっている。

クロレオン人はハンザ・スペシャリスト四名をドアを通過して運びだし、床に寝かせると、武器をとりあげた。つづいて箱形ロボットが複数やってきて、四名を持ちあげ、長い通廊を抜けていく。いくつかの箱しか置かれていないがらんとした部屋に移動すると、ここで四名をおろし、ヴィランを開いて脱がせ、それを持って出ていった。ハンザ・スペシャリストたちが、毒のある空気を吸うことにならないか心配していると、赤い服を着た一クロレオン人が四十名ほどの男女を連れてあらわれ、棒のような機器を向けてきた。突然、四名の麻痺が解けた。

ドラン・メインスターがうめきながら起きあがり、大声でいった。

「われわれには防護服が必要だ。急いでくれ。ここの空気はわれわれには毒だ」

うしろのほうから、太った男があらわれた。その目は……ほかの者たちと同様に……眼窩《がんか》の奥にあるのではなく、大きく張りだしている。高さ一メートルもある、キノコ形の黄色に輝く帽子をかぶっていて、それが頭の上ではげしく揺れた。いまにも落ちそうなのだが、驚くことに、かたむいては反対側に揺れて、つねに持ちなおしている。

「ここでなにをしている?」男は声をとどろかせた。「なんの用だ?」

「お願いがある」ドラン・メインスターはできるだけ呼吸を浅くしようとしながらいった。「われわれには防御マスクが必要だ。でなければ、毒にやられてしまう」

「毒はない」太った男が応じる。「だからこの部屋に連れてきたのだ。きみたちとって毒になる成分は空気からとりのぞいてある。さ、ここでなにをしていたか、話すのだ」

ドラン・メインスターはきわめてすばやく平静をとりもどして、何度か大きく深呼吸した。

「親愛なる友よ」見くだすような話しぶりだ。「われわれは好きでここにきたわけではない。むしろ、われわれの宇宙船は、この島に着陸するよう強要されたのだ。船は、未知の場所からの影響を受けて、ずっとはなれられずにいる」

「きみたちはわれわれを攻撃し、アンテナを破壊した」

「われわれがやったのではない。植民地クロレオン人の宇宙船だ。われわれはそれを目撃した。だが、船がなぜ攻撃したのか、その理由はわからない。あるいは最後の闘争がすでにはじまったのだろうか？」

「いや、いまのところ、まだだ」太った男は四名をじっくり眺めて、名乗った。「わたしはアルザンクサ。クロエ＝トラクス＝フオはわたしの指揮下にある」

「クロエ＝トラクス＝フオ？」ミランドラ・カインズはいった。「耳慣れない名前ね」

「きみたちがいまいるのがクロエ＝トラクス＝フオだ」アルザンクサが説明した。

「いったい、なんの話よ」アギド・ヴェンドルが高慢な調子でいう。「だいたい、クロエ＝トラクス＝フオって、なんなの？」

太ったアルザンクサは仁王立ちになった。目がおちつきなく動いている。アギド・ヴェンドルは目をそらした。たくさんの目を見ていると、目眩《めまい》がしそうだった。

「クロエ＝トラクス＝フオは、破滅しないように守るべき、われわれ種族の文化財だ」

アルザンクサは重々しくうなずく。帽子が大きく前にかたむいた。ミランドラ・カインズは思わず落ちないように支えようとしかけたが、帽子はまたゆっくり起きあがった。

「クロエ＝トラクス＝フオはもう五千年以上も前、種族の科学者や芸術家が所属を許される秘密結社によって築かれた。あらゆる芸術作品や、救うべき価値があるすぐれた文化の証《あかし》を、当時から保管している。芸術品が破壊されそうな危険が迫るとすぐに、われわれ、自分たちのところに持ってくる。ときには財力を使い、ときには力を行使して。それらをこの山に運び入れ、必要な場合は修復し、保管しているのだ」

「待ってくれ」コロフォン・バイタルギューが驚いたようにいった。「ということはつまり、この山にはクロレオンの芸術的至宝がほとんどすべて、ためこまれているのか。グライダー二機を見かけたが……あれは芸術作品をここに運んでいたのだな！」

「そのとおりだ」と、アルザンクサ。「われわれ、五千年の猶予期間がこの数日に終了するとわかっていたので、数カ月前からあらゆる芸術品をここに運び、かくしてきた。最後の闘争が勃発したら、場合によっては、惑星表面が完全に破壊しつくされて終結するかもしれない。たとえそうなっても、われわれが大量殺戮《さつりく》の犠牲になる前にここに高度な文化を築いていたということを、芸術品の数々が永久に証明してくれるだろう」

「大量殺戮なんて、ありえないわ」アギド・ヴェンドルがうめいた。

「いや、いま説明したとおりになる」と、アルザンクサ。「あとで呼吸マスクを提供しよう。それがあれば、ほかの部屋にも出入りできる。芸術品の数々を見るといい。そうすれば、きみたちが死を迎えるまでこの山にとどめおかれることになる理由がわかるだろう」

「われわれ、捕虜なのか？」ドラン・メインスターは愕然とした。「解放するつもりはないのか？」

「当然のこと」太ったクロレオン人が答えた。「この山になにがあるのか、外にもらされてはまずい。きみたちは命を終えるまで、われわれの客となるのだ」

4

「あらゆることを想定していたが、こんな展開は考えてもみなかった」ドラン・メインスターは嘆息した。エアロックの前でとほうにくれている。望めばそこからいつでも外に出ていけるのだが、それはできない。このエアロックの外で生きのこるためには、呼吸装置が必要だからだ。かれらには呼吸装置もヴィランもない。ただ身にまとう衣服があるだけだ。

「せめて情報だけでももらえればいいんだけど」アギド・ヴェンドルが嘆いた。「外でなにが起きているのか知りたいわ」

床が軽く振動するのを感じて、彼女はぎくりとした。遠くでなにかが爆発したようだ。

「いったい、なに？　最後の闘争がはじまったの？　あるいは、また隕石？」

だれも答えなかったが、アギドは答えを得られるとも思っていなかった。なにがいえるだろうか？　全員、彼女と同じで、ほとんど事情がわからないのだ。

「ここを出なくては」コロフォン・バイタルギューがいった。「いますぐにでも。ひょっとすると、ヴィランは近くにあるかもしれない。それが見つかりさえすれば……」

　ドラン・メインスターはかぶりを振った。

「なぜ、そんなことを考えられるのだ？　鼻をつまんで外を走りまわり、ヴィランを探そうとでも？　クロレオン人がそれほどおろかだと思うのか？　われわれに必要なものがすべて遠くにしまわれているのは確実だ。ともかく、呼吸をしないでたどりつけるようなところではないだろう」

「でも、なにか可能性はあるはず」アギド・ヴェンドルがいう。「でなかったら、あなたたち、永久にここにのこりたいの？」

「ま、それも悪くないかもな」と、コロフォン・バイタルギュー。「外で最後の闘争がはじまったら、だれもがなんらかの犠牲になる。惑星は放射能に汚染された荒野になるだろう。ヴォルカイルが守ってくれなければ、われわれは終わりだ。だが、ここの下にいれば、われわれは最後の闘争を生きのびられる」

「本気で闘争になると思うの？」ミランドラ・カインズがたずねた。「わたしは確信が持てないわ。最後の瞬間に、理性が勝つのではないかしら」

「最後の闘争は、五千年前から準備されていた」極限惑星建築家がいった。「五千年前からクロレオン人は軍備をととのえ、装備を改良してきたんだ。従来の歴史ではほとんど、先に武装した者が戦争におもむいている。ここでは違うというのか？　けっして違わないだろう」

「でも、クロレオン人はそれですべてを失うわ」

「いずれにせよ、そうなるさ」コロフォン・バイタルギューがいう。「植民者の力のほうが優勢のようだ。それでも、かれらがかならず勝利するとはいえない。惑星クロレオン人にやられて、宇宙のこのかたすみから追放されるという可能性もある」

「そうだな……しかし、それは信じがたい」ドラン・メインスターがいった。

「それは認める」極限惑星建築家はエアロック・ハッチを足で蹴ると、不機嫌そうに振りかえり、胸の前で腕組みをして部屋のなかを眺めまわした。ここには簡素なベンチがふたつと、椅子が四脚あるだけだった。「せめて、ここの壁にかれらの芸術作品をかけてくれればよかったのに。そうしたらすこしは見るものもあったのだが」

「わたしを見るだけでは満足できないみたいね」ミランドラ・カインズがほほえんだ。

「いやいや。われわれふたりだけだったらな」

「戯《ざ》れ言《ごと》はやめてくれ」ドラン・メインスターがたのんだ。「それより、脱出方法を考えてほしい」

「ひょっとして、われわれ、ここから出たいのかどうか、あらためて考えたほうがよくないだろうか」コロフォン・バイタルギューが提案する。

ドラン・メインスターは驚いたようにかれを見つめた。

「疑問の余地などないだろう……違うのか？」

「わたしについていえば……外に出たいわ」ミランドラ・カインズがいう。

「わたしもよ」アギド・ヴェンドルが賛同する。

「わたしは多数にしたがう」極限惑星建築家がいった。

「では、これではっきりしたな。だれか提案がある者は？」

ドラン・メインスターはひとりひとりに視線を向けたが、答えはなかった。あきらめたように椅子に腰をおろす。かれらは黙って物思いにふけり、なにも起きないまま、数分が経過した。たがいに安全を確保しなかったことで、軽率に山に入ったことを、四名全員が後悔していた。状況の打開策はなさそうだ。自責の念に駆られている。

だれも発言しないまま、一時間が過ぎたとき、エアロックが開いて、アルザンクサが武装したクロレオン人五名とともに入ってきた。

「収集した芸術品の一部を見せよう」かれはいった。「興味を持ってくれるといいが」

「いつになったらなにか見られるのかと、じりじりしながら待っていたよ」ドラン・メインスターが応じ、クロレオン人からわたされた呼吸マスクを顔に当てた。

ほかの三名も呼吸マスクをとり、施設のなかを自由に移動できるようになった。

四名はアルザンクサとほかのクロレオン人たちとともに部屋を出て、いくつかの通廊を通り、大きなホールに入った。そこには数百の彫像がならび、同じくらいの数の絵が壁にかかっていて、四名は感銘を受けた。このような収集品は見たことがなかった。地球をはなれてから、一度もこういった作品に触れていない。美しく貴重な数々の品々に直面して、かれらは息を奪われた。みごとな芸術作品がこれほど近くにならんでいるにもかかわらず、ハンザ・スペシャリストとして、これらの作品が商品にもなるということを一分たりとも考えなかった。クロレオン人の芸術家たちが五千年のあいだに完成させてきたすばらしい業績に、ただ感嘆する。同時に、こうしたものを破壊から守るという任務をみずからに課したアルザンクサのような者たちに、尊敬の念を感じた。

テラナー四名は芸術の専門家ではなかったが、そんな知識がなくても、クロレオン人の熟練した技が彫像や絵画をつくりあげたことを見てとった。そして、兵器技術や遺伝子技術、建築、宇宙航行よりも、クロレオン人の文化がもっと知られるべきだということを理解した。この惑星の文明が推測していたよりもずっと無限で多様であるとわかり、クロレオン人をまさに表面的にとらえて接していたことが恥ずかしく思われた。

この惑星の文化やクロレオン人に対する尊敬の念は、アルザンクサにさらに大きなホールに導かれると、さらに高まった。クロレオン人の芸術が絵画や造形美術だけでなく、より広範囲におよんでいるのを見せられたのだ。アルザンクサは四名を案内して、華麗な織物、クリスタルや陶器のすばらしい作品、映像作品の一部、重要な音楽作品の断片、造園技術を見せてまわり、最後にクリスタルとガラスと金属からできた高さ三十メートルの女クロレオン人の彫像を披露した。いまにも壊れそうな金銀線細工の構造物が、不思議な炎に満ちた繊細な織物のように彫像をつつんでいる。

「これはなによりも貴重なものだ」アルザンクサは誇らしげに説明した。「われわれの種族のもっとも偉大な聖遺物で、あらゆるクロレオン人は、どんな宗教を信じていようと、あがめている」

「これはいったい、なんなの？」ミランドラ・カインズがたずねた。感嘆しきって彫像の周囲をまわっている。まるで命があるようで、その魅力に彼女はあらがえなかった。

「この彫像は五千年以上前に、当時の最高の芸術家がつくったもの」アルザンクサは解説した。「すべてのクロレオン人の原母を表現している。当時、原母はわれわれの寺院の僧侶数名の前に姿をあらわし、破滅が訪れると警告したといわれている。その破滅こそ、まさにこの数日中にかならず起きることなのだ」

「きみたちが、あるいはきみたちの前任者が、それを寺院から持ちだしたのだな」コロフォン・バイタルギューがたしかめるようにいった。

「それは否定しない」アルザンクサは認めた。「ずっと昔のことだ。それは前例のないスキャンダルとなったが、われわれの結社の者たちははじめから、すべてのクロレオン人の怒りをかうことになると自覚していた。しかし、かれらにはこの芸術作品を保護することだけが重要だったのだ」

「そうはさせない！」ドラン・メインスターは大声でいった。その後、だれもとめられないうちに、金銀線細工の織物を抜けてクロレオン人の原母の彫像に向かい、両のこぶしをかかげた。

アルザンクサは叫び声をあげながら、かれを追いかけた。

「くるな」生態学者はわめいた。「こっちにきたら、これをこっぱみじんにする」

クロレオン人たちは驚いてうしろにさがった。

「そう、そのほうがいい」ドラン・メインスターはほめた。「ま、気をつけるんだな。麻痺銃を向けようなどと思うなよ。わたしは彫像のほうに倒れて、像を引き倒すからな。きっと、破片の山ができるだろうよ」

「かれに手を出すな」アルザンクサは命じた。「だれも銃撃してはいけない。まずはかれの望みを聞こう」

「われわれ、ほかの三名をどうにかすればいい」一名のクロレオン人が提案した。

「あなたたちにとって、どっちが興味あるの？　わたしたちの命、それとも聖遺物？」

アギド・ヴェンドルがたずねた。

「われわれが関心があるのはただひとつ……聖遺物だ」アルザンクサは震える声で答えた。仲間をもどらせ、できるだけクロレオン人たちとハンザ・スペシャリスト四名とのあいだに距離ができるようにした。

「われわれ、きみたちに損害をあたえるつもりはない」ドラン・メインスターはいった。「ただ、この島を出たいだけなのだ。だから、スタートできるように、われわれと宇宙船を解放してくれ。この島にかくされているものについては、だれにも話さない」

「まさにその点で、きみたちを信じられない」アルザンクサは応じた。

「ほかに選択肢はない」メインスターは断言した。「われわれを信じるのだ」


「どうかしている」と、クロレオン人。「いったい、外でなにをするつもりだ？　最後の闘争がはじまるのだぞ。自分たちの宇宙船に向かうときに、最初の水素爆弾が爆発するかもしれない。そうなったら、きみたちはだれも生きのこれない。あるいは、きみたちがスタートすることで、闘争が勃発するかもしれない。両陣営がきみたちのスタートを探知して、どちらも誤解するかもしれないからだ。わからないのか？　生きのびるための唯一のチャンスは、ここにのこることだ」

＊

ブリーは自身の左手を見やった。

金属の手袋はあつらえたように、ぴったりはまっている。考えこみながら、かれは手袋をはずそうとした。

しかし、はずれない。

手袋はしっかりはまっている。

いったい、わたしはここでなにをしているのだ？　テラナーは考えた。かれはまだシクラウンの宇宙船の司令室にいた。植民惑星艦隊の指揮官たちが目の前に立っている。クァルスキガー提督は、かれの言葉を待っているようだ。

わたしのなかでなにが起きている？　ブリーは自問して、自分の心に耳をすました。この手袋はわたしにどう関係しているのだ？

「ぐあいでも悪いのですか？」クァルスキガー提督はたずねた。

ブリーは立ちあがった。

「なにをいっている？」かれは答えた。「なにもかも順調だ。ただ考えごとをしていただけだ」

かれは壁のプロジェクションを見やった。そこには隠者の惑星の、戦略的に重要な標的が記されている。兵器工場や武器庫、秘密のクローン工場……ここでは目下、抗体タイプの兵士が続々と生産されていて、いまはもはや秘密ではなくなった。そのほか、交通のハブ、兵站《へいたん》基地、補給ライン、燃料庫、反重力技術の工場設備。さらに……これがもっとも重要な標的だが……〝戦争意識〟の居所だ。惑星クロレオン人の至聖所、クローン工場〝母〟のもとにある。

ブルは標的のいくつかをさししめした。

「これらが、われわれが注目している攻撃目標地点だ」かれは説明した。「全艦隊を隠者の惑星の周回軌道に分散させる。標的の重要度をしめしたリストがほしい。もちろん、〝母〟がトップになろう。〝母〟には全艦隊のすくなくとも二十パーセントを配置するべきだ。艦隊ののこりは、そのほかの標的の重要度に応じて配備する」

「そのような処置をとれば、敵はまちがいなくそれに応じた行動に出るのでは」クァルスキガー提督が指摘する。

「戦うことなく惑星を支配できる可能性は、ほとんど考えられない」ブリーはけたたましくいいはなった。「われわれのだれも、戦争を回避したいと望んでいないはず。あるいはわたしは間違っているだろうか？」

クァルスキガー提督は愕然として、

「いいえ、もちろんそんなことはありません」と、誓った。「ただ、わたしが指摘したかったのは……」

「どうも。さ、終わりだ」ブリーは話をさえぎった。「わたしの命令を実行しろ。すぐにだ」

「質問してもいいでしょうか。次の作戦はどうなるので？」と、クァルスキガー。植民地クロレオン人の艦隊が指示どおり分散したあと、ブリーの前でうやうやしくおじぎをして訊いた。

「もちろん、質問は歓迎だ」テラナーは愛想よく答えた。「着陸作戦からはじめる」

「〝母〟のところにですか？」

「それはまだだ、提督。時期尚早《しょうそう》だろう。おまけに隠者の惑星では、われわれがその標的を真っ先に攻撃すると予測している。だからこそ、そこはほうっておくのだ。最初の作戦の標的は、南半球の島にある一兵器工場だ」かれは主コンピュータをさししめした。「ちょうど一時間後に、二十から三十の隕石がこの島の付近に落下すると確認できた。この機会をうまく使い、われわれの宇宙船の数隻は、隕石とともに兵器庫を攻撃する。下では、こちらの船の探知にいくらか問題を生じるようにする。落下物の正体を相手に突きとめられる前に、われわれは兵器工場を消し去っているというわけだ。工場内にあるもの、ことごとくな。島は大洋に沈没させる」

「この島には、住民が四千名いますが」

「村がひとつ、それだけだ。村も島もろとも大洋に消える」

クァルスキガー提督は発言しようとしたが、ブルの表情を見て、ためらった。

「どうした？」永遠の戦士が叱責するようにたずねた。「また考えているのか？　提督、わたしはきみを解任し、忠誠心のある男に交代させることを考えなくてはならないのだろうか？」

「いいえ」クァルスキガーはわが身を守るように答えた。「わたしを疑う必要はありません。あなたとあなたの決断を完全に支持します」

「それこそわが望みだ」

くそ！ という思いがブリーの頭をよぎった。ひょっとすると、このおろか者がもっと抵抗してくれればいいのだが！

しかし、この考えはすぐに消えてしまい、戦士法典への思いが前に押しでてきた。服従の戒律、名誉の戒律、戦いの戒律！

べつの一提督が前に踏みだした。

「あなたはまったく賢明な決断をくだされたと思うのですが……」

ブリーは話しはじめたかれをさえぎった。

「おべっかを使う必要はない。この決定のなにが気にいらない？ そこから話すのだ」

「われわれ、艦船を定位置につけてはいますが」クロレオン人は慎重に答えた。「まだ一隻も着陸していません。攻撃が早すぎれば、着陸作戦は妨害されるでしょう」

ブリーは、自身が戦略的な過ちをおかしたことを理解した。すこし考えこみ、態度をやわらげる。

「そのとおりだ。着陸部隊がいなくては、われわれ、やっていけない。この戦いは宇宙空間から外にひろげることはできないし、ひろげたくもない。勝敗は隠者の惑星で決する。それは確実だ。さらに、成果をあげずに植民惑星に帰ることになれば、最後の闘争の結果は不満足なものになる。戦闘開始は先のばしするとして、まずは基地を築こう。島は破壊せず、占領するのだ」

かれは、この決断をクロレオン人たちが安堵して受けとめたのに気づいた。

「さ、行け」かれは命じた。「いったい、なにをぐずぐずしている？　まもなく一時間だ。そろそろ行動して、最初に隠者の惑星に着陸する艦船を決めろ」

提督たちはしたがった。

＊

「生きのびる？」ドラン・メインスターはたずねた。「どうして、われわれがきみたちのところで生きのびたいと考えるだろうか？　われわれは隠者の惑星を去りたいのだ。どこかというなら、呼吸マスクがなくても生きていける空気のあるところがいい」

「解放はできない」

「解放してくれ。きみが後悔することはない。けっして裏切らない」

「信じられない」

「われわれ、きみたちの芸術に尊敬の念をいだいた」メインスターは断言した。「このような芸術品が破壊されてしまうのは、われわれにも耐えがたい」

「きみはそういうが、同時にわれわれの惑星の貴重な遺物を破壊するとおどしているだろう?」

「きみはただ、われわれを自由にしてくれればいい。それですべてとどこおりなく進む」

アルザンクサは決心がつかないようにテラナーを見つめた。

「待ってくれ」かれは二分間考えたあとに口を開いた。「友と相談しなくては」

かれがクロレオン人たちとともにさがると、アギド・ヴェンドルは夫のそばに向かい、いった。

「本当に、最後の闘争が終わるまでここで待ったほうがいいのかもしれないわよ」

「そのあとも、かれらはわれわれを解放しないだろう」メインスターは認めなかった。

「いまここを去るか、あるいはのこりの生涯をクロエ＝トラクス＝フオですごすかだ。さらに、われわれの船がこの島にあるとして、最後の闘争で損害を受けずにいられるかどうかもわからない。いや、われわれのチャンスはひとつだけ。できるだけ早くヴォルカイルのもとに行くことだ。そこが隠者の惑星で唯一、安全な場所だから」

アルザンクサがひとりでもどってきた。

「行っていい」かれは意気消沈して告げた。「もうじゃまはしない」

ロボット二体がヴィラン四着を持って入ってきて、ハンザ・スペシャリストたちにわたした。アギド・ヴェンドル、ミランドラ・カインズ、コロフォン・バイタルギューの三名は急いで防護服を着用し、ファスナーを閉めた。腕にはまだブルーグリーンの菌膜が貼りついていて、防御バリアのスイッチを入れるのを妨げている。

「で、きみは？」クロレオン人が生態学者にたずねた。「いったいどうした？」

ドラン・メインスターは微笑を浮かべた。

「わたしがそれほどおろか者だと思うか？」かれはいった。「われわれ四名が同時に出ていくとは思っていないだろう？　そうすれば、かんたんに四名ともかたづけられただろうな。だが、もしそうならなかったとしても、われわれが船でスタートできるという保証がどこにある？　船はなにかの力に引きとめられているのだぞ」

「一種の牽引フィールドだ。われわれはそれを使って、島に接近してくるものをすべて捕らえる」

「きみたちは一宇宙船に攻撃されたが、その船を捕らえることはできなかった」

「あれは奇襲だったのだ。おまけに、まさに貴重な彫像を格納している最中だった。牽引フィールドをその宇宙船に向けていたら、芸術品が破壊されていただろう」

「われわれをスタートさせろ。もし妨害したら、すべてのクロレオン人がクロエ＝トラクス＝フオの正体を知り、そこに五千年前からなにが集められていたのか知ることになるぞ」

「約束は破らない。聖なる原母に誓う」

「では……きみたちは船に行け」メインスターは極限惑星建築家とミランドラ・カインズに向かって呼びかけた。「アギドとわたしは、ふたりが《アルマゲドン》に乗船したのを通信で確認してから、あとを追う」

「われわれ、急いで向かう」コロフォン・バイタルギューはミランドラとともにはなれながら強くいった。

ドラン・メインスターはアルザンクサから目をはなさないでいた。生態学者はアルザンクサに同情していたのだ。このクロレオン人が千もの不安を乗りこえてきたのがわかる。かれはクロエ＝トラクス＝フオと芸術のために生涯を捧げた。何世代にもわたる知的な活動に全力をそそいできたのだ。なのに、いま……最後の闘争前夜を迎え……芸術品のコレクションに予測のつかない危険が迫るのを目撃したのだから。

メインスターがクロエ＝トラクス＝フオに感じる尊敬の念について話したのは真実だった。ここに収集されたような宝のような芸術品は、軍事的な争いが生じた場合、ほとんどかえりみられない。しかし、はかりしれない重要な価値があるのだ。

この世界と宇宙ハンザとのあいだをうまく結びつけられたら、隠者の惑星との交易はどうなるだろうと、かれはふと考えた。ここに芸術品があふれていることを銀河交易機構が知れば、仕入れ業者が押しかけ、自分の取り分を奪おうとするだろう。

ミランドラ・カインズから連絡が入り、メインスターは現実に引きもどされた。

「わたしたち、《アルマゲドン》に入ったわ。ヴィーはスタートできるといっている」

「制止する力が消えたということだな？」

「そうよ」

「よし。アギドとわたしも出発する。十分後にわれわれが乗船できていなければ、クロエ＝トラクス＝フオに起きたことと、何千年にもわたって消えた芸術品のありかを、通信でひろめてくれ」

「大丈夫、いったとおりにするから」

ドラン・メインスターは金銀線細工の織物から外に出ると、ヴィランを着用した。アルザンクサに会釈し、反重力装置のスイッチを入れて、アギド・ヴェンドルとともに通廊を浮遊して進む。妨害されることなく反重力シャフトに到達し、そこで待機していた科学者たちに別れの短い言葉を告げると、シャフトを上昇していった。

アルザンクサが自分たちを阻止するような動きを見せることも想定していたが、なにも起こらなかった。二名はクロエ＝トラクス＝フオを出て、キノコのジャングルのなかの海岸近くに着陸している《アルマゲドン》に向かった。

突然、コロフォン・バイタルギューが大声を発した。

「気をつけろ！　宇宙船がくる。かくれるんだ」

ドラン・メインスターとアギド・ヴェンドルはすぐに反応し、暗い洞穴に引っこんだ。

二名がそこに身をひそめたとたん、宇宙船一隻が急降下してきた。ジャングルの百メートル上までくると静止し、そこで高度を維持している。銀色に輝くシリンダーを手に持ったロボットが数体、エアロックから出てきた。キノコのジャングルから突きだすいくつかの岩のあいだにおりていき、数分後にふたたび上昇する。このときシリンダーは持っていなかった。

宇宙船は音もなく《アルマゲドン》のほうに飛んでいき、その上で数分間静止すると、突然、加速した。エンジンをうならせ、雲まで上昇し、はるか彼方に姿を消した。

「どういうことだ?」コロフォン・バイタルギューが通信でたずねた。

「ロボットがシリンダーを岩のあいだにかくしたわ」アギド・ヴェンドルが答える。

「核地雷だ」ドラン・メインスターが押し殺した声でいった。「わかるか? 植民地クロレオン人が核地雷を隠者の惑星にセットした。最後の闘争がはじまったら、起爆させるのだ」

「つまり、クロエ＝トラクス＝フオも終わりを迎えるということね」アギド・ヴェンドルがいった。

5

「われわれ、核地雷を隠者の惑星の二百四十三ヵ所に設置しました」クァルスキガー提督が伝えた。「敵は沈黙しています。これまで対抗処置はまったく見られません」

「よくやった」レジナルド・ブルはほめた。「こんどは次の段階だ。先に知らせたクローン工場七ヵ所のすぐそばに、宇宙船四百隻を着陸させる。この作戦はすぐに実行するように」

「やれやれ、頭がおかしくなったのですか？」独特の声が響いた。

ブリーはことさらゆっくり振りかえり、《シクラント》の司令室に入ってきたストロンカー・キーンに冷ややかな目を向ける。キーンが近よってきて、

「植民惑星艦隊の総司令官だとでもいうような態度ですね」

「まさに、そのとおりだ」ブリーは応じた。「わたしのすることに、いかなる方法でも意見を述べることは許さない」

キーンは不思議そうにかぶりを振っていった。

「どうやら今回は、本当にやられてしまったようですね。あなたのはめている手袋が、なにか原因になっているのでしょうか？」

「護衛を呼べ！」

ストロンカー・キーンは拒否するように両手を振った。

「おちついて、ブリー」なだめるようにいう。「率直な話し合いが必要だ。ともかく、いくつかの点が問題です。こんなふうに進めたら、クロレオン人十億名の命が犠牲になりますよ……隠者の惑星の住民だけで、もう一方は前提に入れていませんが」

武装したクロレオン人四名がストロンカー・キーンをとりかこんだ。

「この男を連れていけ」ブリーは命じた。「《エクスプローラー》に連れもどすのだ。かれはここに用事はない」

「ブリー、冷静になってください！」キーンは外に連れだされながら、大声で呼びかけた。「このような進め方はいけないと、わかってください」

「服従をもとめる」レジナルド・ブルは力強く応じた。「服従は戦士の第一の戒律だ。戦士法典に定められているような、りっぱな態度をしめしてくれ。この戒律にしたがった場合のみ、戦いが可能になる」

「まったく、わたしが知っているブリーではない」護衛に引きずられながら、ストロンカー・キーンはうめいた。

「着陸作戦は進んでいます」クァルスキガー提督が、この出来ごとを完全に無視して伝えた。

ブリーは右手で金属の手袋をなでて、いった。

「よろしい。期待どおりの展開だ」

ブリーは着陸作戦についての情報を聞きつづけ、着陸が完了すると、みずから搭載艇に乗りこみ、活動できるようにそなえた。

クローン工場はさる大きな湾の南側の海岸にあった。長い着陸床にかこまれている。ここに植民惑星艦隊の宇宙船が着陸した。そのさい、着陸床にとめてあった輸送用グライダー数百機を、ただの一度も銃撃することなく破壊した。

四方八方から戦闘グライダーや自動装甲車輛の部隊が、クローン工場めがけて進んでいく。クローン工場の防衛をだれも考えていないことに気づいて、ブリーは驚いた。クロレオン人もロボットも、着陸部隊にまったく抵抗しないのだ。

「どうしたものでしょう？」搭載艇に同行してきたクァルスキガー提督がたずねた。

「作戦続行だ」テラナーは命じた。「工場を奪う」

「あまり名誉ある行為にはなりそうもありませんが」提督は指摘した。

「疑念をはさんだり質問をしたりするな」ブリーが叱るようにいった。「きみのするべきことはひとつ……服従だ」

クァルスキガーは驚いて身をすくませ、うつむき、つかえながらいった。

「お許しください」

着陸部隊は工場に到達。装甲車輌が銃撃し、工場のドアが爆発するようにはじけとんだ。車輌の一台がガラスのドームを抜け、音をたてて工場の最上部に押し入る。

「ほかのところの着陸作戦はどうなっている?」ブリーがたずねて、クァルスキガーを見やった。クロレオン人の提督はモニター数台の前にすわり、さまざまな区域の指揮官からの連絡を受けている。

「すべて計画どおりに進んでいます」クァルスキガーが答える。「防衛戦になったところはありません。惑星クロレオンの堕落した怠け者は、自分たちや信念のために戦うことも忘れてしまったようです。絶え間ない遺伝子実験で、気骨がどうかしてしまったのでしょう」

ブリーはうなずいた。

「まさにわたしもそういう印象をいだいた。かれらはその無為によって、われわれの最後の闘争をだいなしにするだろう。かれらは戦士ではない。名誉法典を知らないのだ」

かれは辛辣《しんらつ》な笑みを浮かべた。

「かれらに欠けているのは恒久的葛藤だ。それがポジティヴな発展をとげるための刺激剤となるのだから」

かれは手袋をした左手を高くかかげた。

「部隊につづけ」と、命じる。「工場に突入する」

「戦闘部隊にくわわるつもりですか？」搭載艇が加速するなか、クァルスキガー提督はつかえながらたずねた。「ですが、そうなると危険ゾーンに入ることになります」

ブリーは怒気のこもった笑い声をあげた。

「それがどうした？　戦士にとって、危険のなか以上におちつける場所があるというのか？　われわれ、そこからでも戦いを指揮できる」

かれは搭載艇のフロントガラスごしに外を眺めた。艇は大きく前方にかたむき、とにかく銃撃のただなかに飛びこもうとしているかのようだ。

「ホールへですか？」クァルスキガー提督は自信がなさそうにたずねる。

「ホールへだ」永遠の戦士が、きっぱりといった。

搭載艇は出入口を抜けて工場ホールに侵入した。小型ロボット数体がブリーの目にとまる。植民地クロレオン人の戦闘マシンを銃撃するが、すぐに反撃を受け、破壊された。工場の一部の機器が爆発し、破片が宙に舞いあがる。そのいくつかが落下して搭載艇に当たったが、艇は無傷だった。

つづいて静寂が訪れた。

「終わりました」と、クァルスキガー。「われわれの部隊はどこにおいてもまったく抵抗を受けませんでした。施設を防衛していた戦闘ロボットも降伏しました」

かれは不安そうにブリーを見つめたが、ブリーは皮肉な調子でいった。

「きみにはわからないだろうが、この工場は戦略的に見た全構想のなかで大きな意味がある。ここが強力に防御されていても、まったくされていなくても、早急に使えなくすることが重要だった。この惑星の堕落した種族が工場の戦略的な意味を知っていようがいまいが、わたしにはどうでもいい。肝心なのは、工場を掌中《しょうちゅう》におさめることなのだ」

「もちろんです、戦士よ」提督は従順にいった。「まさにおっしゃるとおりです」

ブリーは呼吸マスクの位置を確認すると、搭載艇を出て工場を見てまわった。戦闘行為がなかったにもかかわらず、すさまじい状況だった。攻撃部隊は武器のエネルギーを最大限にセットして使用し、じゃまになるものを遠慮なく破壊して進んだのだ。

「よくやった」ブリーはそういい、搭載艇にもどった。ふたたび腰をおろすとシートを回転させ、勝利感にひたったようにクァルスキガー提督を見つめた。「こんどはほかの場所だ。情報がたしかなら、ここと〝母〟のあいだにまだ工場施設があるな」

「はい、そのとおりで」と、提督。

「よし。では、一秒すら惜しんで行動だ」

＊

レジナルド・ブルが工場施設を征服し、これまで以上に自分は永遠の戦士であると感じていたちょうどそのとき、この工場から北に二千キロメートルはなれた会議室に三名のクロレオン人が集まっていた。隠者の惑星をひきいる〝意識〟を形成する三人組……気性のはげしい脳ドルーネネン、慎重な脳ハーディニン、現実的な脳ヴルネネンだ。三名とも、通常の大きさの六倍に成長した脳に圧迫されていて、ひとりでは歩くこともできないので、一挙一動を支える補助者を連れている。

壁には惑星の地図がかかっていて、その前に情報システムをそなえたデスクがあった。

「すぐに戦闘開始しなくては」デスクにつきながら、短気な脳ドルーネネンがせかした。「これ以上時間をむだにすれば、敵の掌中にはまるだけだ」

「まだ攻撃できる状態ではない」用心深い脳ハーディニンがいい、脳ドルーネネンを冷静に見つめた。「あと数時間は必要だ。そもそも……」

「なにが起きているのか、わからないのか？」脳ドルーネネンは壁の地図をさししめした。「きみに目はないのか？　ほら、裏切り者たちがそこらじゅうに着陸している。われわれの惑星でしっかり足場をかためたのだ。あちこちに橋頭堡《きょうとうほ》も築いている。これ以上ためらっていたら、まさに敵の思うつぼだ。相手に拠点を強化する機会をあたえては。

ならない」

「戦争がなにを意味するか、わかっていないのか？」脳ハーディニンがいう。「われわれ、きわめて危険な状況にあるのだぞ」

「いまは最後の闘争前夜だ」と、脳ヴルネネン。「われわれ、五千年前からこの日のために歩んできた。状況が危険だなどと話しあっているとは、まったく狂気の沙汰だ。そんなことはとっくにわかっている。だから、危険について議論するのはやめよう。それを語りあうには遅すぎる。最後の闘争は、本来ならすでにはじまっているはずだった」

「まさにそうだ、脳ヴルネネン」と、脳ハーディニン。

脳ドルーネネンは立ちあがり、動きを支える補助者とともに、ほかの二名の前で行ったりきたりした。

「きみたちは、最後の闘争を阻止できると思っていないのか？」かれは呼びかけた。

「まさにそれこそがわたしの望みだ」と、脳ハーディニン。

「だが、そうなると倒錯している」脳ドルーネネンは力強くかぶりを振った。「五千年前から、この惑星は最後の闘争に向けて発展してきた。永遠の戦士がわれわれとこの惑星をそのようにプログラミングしたので、あらがえないのだ。その猶予期間はまさに終了し、きょうにも闘争は開始されるだろう。すでに数時間前、火蓋が切られていてもおかしくない。なのに、阻止できるといまも考えているのか？」

「火蓋はすでに切られている」現実的な脳ヴルネネンがそっけなくいった。「植民者たちは着陸し、工場を征服した」

「どうしようもない」と、脳ドルーネネン。「最後の闘争の阻止に集中すれば、われわれ全員にとって致命的になるだろう。この考えは捨てよう。いまだいじなのは、最後の闘争に勝利することだ……この惑星を、住むことのできない、放射能で汚染された荒れ地にはすることのない方法で」

「隠者の惑星の一部は汚染されるだろう」脳ヴルネネンがいう。「それは避けられない」

「では、それができるだけせまい範囲に限定されるようにするべきだ。だが、最後の闘争をいかに阻止できるかということを考えていたら、この惑星が生存不可能な荒れ地になりはてるというきびしい敗北を味わうことになるだろう。隕石が絶え間なく落下していることを考えてみろ。あれはいったい、なんだ?」

「永遠の戦士によって五千年前に破壊された惑星のかけらだ」脳ヴルネネンが答える。

「そのとおり」と、脳ドルーネネン。「だからこそ、衝突する隕石のひとつひとつが、最後の闘争にいかに勝利するかを全力で考えないならこの惑星がどんな災《わざわ》いに見舞われるかということを、すべての者に思いださせるのだ」

「きみのおかげで納得した」賢明な脳ハーディニンは、しばらく考えたあとにいった。

「ひょっとすると、われわれはこの恐ろしい出来ごとが起きないようにと、あまりに長いあいだ、試みを重ねすぎたのかもしれない。それが間違いだったのだ。いま、われわれは戦わなくてはならない」

「全力で」激情的な脳ドルーネネンが強調する。

「了解した」脳ヴルネネンがいった。

「わたしもだ」脳ハーディニンがいいそえる。

脳ドルーネネンは嘆息した。

「やっと道が開けた。さ、植民者に目にもの見せてやろう」

＊

「ここを去りましょう」アギド・ヴェンドルがいった。「一刻も早く」

彼女はドラン・メインスターとともに《アルマゲドン》に到着していた。ミランドラ・カインズとコロフォン・バイタルギューが開いたエアロックに立っている。

「あれは核地雷にちがいないわ。だけど、いつ爆発するかはわからない。あと数秒で爆発するかもしれない」

「いや、われわれ、ここにとどまろう」メインスターが応じた。

アギドは驚いて振りかえった。

「冗談をいっているの？　わたしは放射能に汚染されるつもりはないわ」

「アギドのいうとおりよ」と、ミランドラ・カインズ。「わたしたち、ここをはなれなくては。爆弾の上で腰をおろしているなんて、どうかしているわ」

ドラン・メインスターは山の方向をさししめした。

「あの下には、はかりしれない価値を持つ芸術品の数々がある」かれは説明した。「責任感あるクロレオン人たちは五千年ものあいだ、芸術品を守るために戦い、困難を切りぬけてきた。地雷が爆発したら、地下施設はもはや跡形もなくなり、五千年間つづいてきた文明の最高品が永遠に消滅してしまう。そんなことを許すわけにはいかない」

「かれらに地雷について伝えましょう」ミランドラ・カインズが提案した。

「それがいい」ドラン・メインスターが応じた。「コロフォンとわたしはそのあいだに、地雷の信管をはずせるように、なんとかやってみる」

コロフォン・バイタルギューは青ざめた。

「方法はわかっているのか？」かれはたずねた。

「ヴィランのポジトロニクスが教えてくれるだろう」生態学者はいった。「それほどむずかしくはないはずだ」

ミランドラ・カインズはうめきながらヴィランのヘルメットをつかむと、うしろを向き、ヴィールス船に駆けこんでいく。クロエ＝トラクス＝フオの科学者に通知するためだ。科学者のなかに地雷のあつかい方を知っている者がいるといいが、絶望的だと思った。ドラン・メインスターの計画は自殺行為だ。信管がはずれる前に爆発するだろう。

「しかたないわ」アギド・ヴェンドルがいった。彼女はすくなからずミランドラと同じくらい絶望し、愕然としていたが、ドラン・メインスターのことはよく知っている。夫はなにがあっても計画を途中でやめることはないだろう。

コロフォン・バイタルギューは、メインスターが自分をほうっておいてはくれないのをわかっていて、大声で悪態をつきながらあとを追った。

「ただ意味もなく、こちらに注意を引きつけるだけだ」コロフォンは、ミランドラがアルザンクサに連絡するのを聞くと、いった。

「ほかに選択肢はない」メインスターは冷静に応じた。「それとも、もう一度アルザンクサに会いに山をおりていき、直接、事態について説明するほうがいいか？」

「いやだ。われわれが地雷を設置したと思われる可能性もあるだろう」

「そうかもしれないな」

二名はキノコの森の上を飛んでいった。大きな獣の残骸を食べて食事を楽しんでいた数羽の鳥が驚いて飛び立ったが、二名が去ると、死肉にたかる鳥たちはまた、けたたましく鳴きながら獲物にもどっていった。

「ここのものがすべて吹っ飛んでも、あいつらには同情しないな」バイタルギューがいった。

「なぜだ？」メインスターがたずねる。「あの鳥たちには存在理由があり、悪いことなどなにもしていないのだぞ。まったく逆なんだ。死骸が腐って病気の原因にならないようにしてくれている。人類が自然になにをしているかと考えると、われわれの存在理由こそ疑いたくなってくる」

二名は植民地クロレオン人が金属製シリンダーをセットした岩のところにつき、すぐにそれを発見した。長さが一メートル半あり、直径は四十センチメートル弱だ。

ドラン・メインスターは、そのすぐわきに隕石が落ちたのを見て、ひやりとした。隕石は岩に衝突して白く燃えあがり、破裂した。ちいさかったので、破片で危険な目にあうことはなかったが、ハンザ・スペシャリスト二名は防御バリアがなく、この隕石の攻撃から身を守れないのをあらためて感じた。

「で、これをどうする？」コロフォン・バイタルギューがいい、シリンダーをさししめした。

ドラン・メインスターは核地雷のわきの地面にしゃがんで身を乗りだし、きわめて細い接合部を見つけた。それはシリンダーの周囲をまわり、爆弾のはしにつづいている。

「これが見えるか？」かれはいった。「その先に起爆装置があるにちがいない。引きぬくか、とりはずすか、やってみる」

「だ、だめだ」バイタルギューがつかえながらいった。「そのままにしてくれ。さわっ

たら、爆発させてしまうかもしれない」

「では、どうすればいい？」

「シリンダーをヴィールス船に運べば、処理はずっとかんたんだろう。われわれ、スタ

ートして、この悪魔の代物をどこか遠くの大洋にほうりこめる」

「それはいい解決法とはいえないな、自分でもわかっているだろう」ドラン・メインス

ターは拒否した。「急いで処置しなくては。いまにも最後の闘争がはじまる。地雷を運

んで時間をむだにする余裕はない」

「たしかにそのとおりだが」

「では……なんとか起爆装置をとめてみる」

ドラン・メインスターは身をかがめ、シリンダーに両手をかけた。この瞬間、かれの

上に影が落ちた。驚いて見あげると、クロレオン人にとりかこまれていた。アルザンク

サがメインスターの手をそっとどかし、シリンダーの反対側のはしをつかむ。赤い金属

のピンがすべりでてきて、その手におさまった。

「いま、きみがとりはずそうとしたものは起爆装置だ」アルザンクサが説明した。「そ

れに触れたら爆発していただろう。このピンで信管がはずれるのだ」

コロフォン・バイタルギューは岩に腰をおろした。

「二度と生態学者を爆弾に近づけさせたりしない」と、うめく。

「これと生態学となんの関係がある？」ドラン・メインスターは立腹した。「まったくないだろう！」

「きみたちに感謝する」アルザンクサがいった。「われわれの芸術品の保全をだいじに考えてくれたと、いまは信じられる。きみたちはスタートして、われわれのところに爆弾を置き去りにすることもできたのに、ここにのこり、われわれを助けようとしてくれた。そのことはけっして忘れない」

「わたしもいまのことはけっして忘れない」コロフォン・バイタルギューは嘆息した。

「どうなっていたかと考えるだけで、またぐあいが悪くなりそうだ」

「さ、われわれ、ここにまだ用事があるか？」ドラン・メインスターはにやりとした。

「そろそろ出発してもいいんじゃないか？」

「そうね」ミランドラ・カインズの声が、ヘルメット・スピーカーから響いた。「乗船したら、どう」

ドラン・メインスターはアルザンクサに腕を伸ばして説明した。

「このグリーンの代物がわれわれのじゃまをしている。はがせないだろうか？」

「お安いご用だ」

科学者は答え、ポケットに手を入れると、棒のような機器をとりだしてメインスターの腕をなでた。ブルーグリーンの菌膜がはがれ、防御バリアが生じた。アルザンクサはコロフォン・バイタルギューーからも同じように菌膜をとりはらった。数分後には、ミランドラ・カインズとアギド・ヴェンドルも同じ処置をしてもらう。

「微力ながらお役にたててうれしい」アルザンクサは別れを告げながらいった。「きみたちはもしかしたら、ここにのこるのも悪くないと考えるときもあるだろう」

「まったくそのとおりね」アギド・ヴェンドルが嘆息した。「でも、ドランは頑固者だから、わたしたちにはどうしようもできないのよ」

6

第二の工場施設に侵入したときも、問題はまったく生じなかった。レジナルド・ブルは植民惑星部隊の戦略的な配置を強化していた。クァルスキガー提督はブリーの動きにすべて同行し、ほかの植民惑星提督からの連絡を受けて、かれに伝える。かれの指示を従順に実行にうつし、質問さえしなかった。どうやら、〝永遠の戦士〟が自身の道をひたすら進んでいるのを理解したようだ。

惑星クロレオン人に関する連絡がますます増えていった。隠者の惑星のあちこちにミサイルの発射孔が開き、抗体工場はフル稼働して、これまでよりも多くの兵士たちを生産している。兵器庫が突然、門を開き、多様な戦闘ロボットのために通路をつくった。

「ここから三百キロメートル北で、五十の高出力ビームが発射されました」クァルスキガー提督が伝えた。第三、第四の工場を、やはりたいした抵抗もないまま占拠した直後のことだ。「とくに広範囲にわたる兵器システムです。周回軌道にある物体さえ攻撃できそうなほどのエネルギー砲をそなえています」

「われわれの艦隊は損傷を受けないだろう」テラナーは動揺することなくいった。「有機組織クロレオン人たちは、地上戦になることをまだ理解していないようだ」

かれはすこし考えた。

「つづきは、きみひとりで進めてくれ」と、命じる。「わたしは自船にもどらなくては」

今回も、クァルスキガー提督は質問をはさまなかった。レジナルド・ブルのことを輝かしい人物ととらえるようになっていて、はじめのころの疑念はすっかり消えていたのだ。さらに、自身の出世も危険にさらしたくなかった。前任者たちのことを考え、かれらがいかに早く提督の地位からはなれていったかということを思いだしていた。

クァルスキガー提督は、ブルがよりによっていま隠者の惑星をはなれようとしているのは不思議だったが、戦略的な方策のためだろうと考えた。かれは部下の将校たちに、永遠の戦士を周回軌道に連れていくよう指示した。

十分後、ブリーはまだ植民地クロレオン人の艦隊のただなかにいるヴィールス船内に入った。エアロックが閉じると、かれは安堵して呼吸マスクをはずした。しばらくはフィルターごしに呼吸する必要がないのは気分がいい。

「やあ、ヴィー」かれは呼びかけた。「ほかに船内にだれかいるか？」

「いません」ヴィールス船が簡潔に答えた。

「われわれ、隠者の惑星に着陸する」司令室に向かいながらブリーは命じて、シートにすわった。

「え、本当ですか？」

「よくわかっているだろう。わたしは戦争意識と話す必要があるのだ」

「戦争意識と」

「そうだ」

「わたしの判断が正しければ、あなたは戦略の天才のはず」

「判断は必要ない。早くスタートしろ」

「もちろんそうします、あなたの望みどおりに。あなたはいつもそのようにきちんと考えていますからね」

「皮肉はそれくらいでいいぞ」

ブリーはシートにもたれて目を閉じた。左手に鉛の重りをつけているかのようだ。どっと疲れに襲われた。

「戦争意識が、もはやクロレオン人に支配権をふるっていないのはご存じですか？」

ブリーはシートから跳びあがった。

「いま、なんといった？」

「戦争意識は、もはや隠者の惑星の支配者ではないのです」

「どうしてそんなことを知っている？」

「いくつかの通信を傍受しました」

ヴィールス船は植民惑星艦隊を離脱し、周回軌道からはなれた。隠者の惑星の北半球をめざしている。

ブリーはまたシートに腰をおろした。

「だからどうした？ では、いまこそ戦争意識と話すのだ。どんな違いがある？」

「われわれ、パニックを引き起こしたようです」ヴィールス船が伝えた。

「パニックだと？」ブリーは目を見ひらいた。

「われわれは当然、探知されました。目下、あらゆる防御兵器がこちらに向けられています。わたしはすでに、永遠の戦士が乗船していると伝えましたが」

「よし、いいぞ」ブリーはほめた。「そうしなかったら、とっくに砲撃されていただろう」

船は着陸した。ブリーはホログラムの映像を見やった。四方から重戦闘マシンがやってくる。数百名の抗体タイプが発射準備のととのった武器を持って接近していた。

かれらは本当にいま、隠者の惑星の元来の指揮官である〝意識の三人組〟にしたがっているのだろうか？

最後の闘争前夜、この惑星でもまた、明らかにはげしい権力闘争が起きた。まさに植民地クロレオン人の艦隊でのように、指導者が交代したのだった。だが、戦争意識は長くもたなかったらしい。いまはふたたび、定評のある者が権力の座についたということ。かれらは抵抗している！　永遠の戦士はそう考えた。かれらはまだ最後の闘争の準備ができていないのだ。内面の奥底は、必要とされる理念にふさわしくない。

ブルは呼吸マスクを装着し、司令室をはなれてエアロックから外に出た。挑むように左手を高くかかげて、抗体タイプの全員に金属の手袋を見せた。

「わたしは〝意識〟と話す必要がある」かれは説明した。数百名から重火器を向けられるが、まったく動揺しない。

一将校が近よってきた。身につけている金属の鎧《よろい》が一歩ごとに音をたてる。革製のようなヘルメットで頭をつつんでいて、三十六ある目のうちの一部しか見えない。

「わたしがお連れしましょう」将校はそういって振りかえると、ほかの抗体たちに武器をおろすように命じて、ブリーの先に立ち、木々のあいだにかくれているグレイの掩蔽《えんぺい》壕に向かった。数メートルわきに隕石が落下して、直径一メートルのクレーターをつくったが、将校はまったく気にとめない。一瞬もためらうことなく、そのまま前に進む。

レジナルド・ブルはわずかに足をとめたが、また歩きだした。雲におおわれた空を見あげる。南から漆黒の雲がひろがっていた。

ななめにおりていく反重力ベルトが掩蔽壕につづいている。テラナーはロボットや重装備の抗体タイプのわきを通り、ひろい部屋に着いた。壁には地図がかかっていて、三名の脳細胞タイプがデスクについていた。からだは萎縮し、一方、頭は通常のサイズの六倍ある。独自の力では動けず、器官細胞タイプのクロレオン人の支えが必要だった。〝意識〟を形成するクロレオン人三名は、明らかに困惑してレジナルド・ブルを見た。

「わたしは総司令官として、提案のためにここにきた」ブルは挑むように、金属の手袋をはめた左手をあげた。永遠の戦士であるかれにとっては、もっともな提案だった。だが、脳ドルーネネン、脳ハーディニン、脳ヴルネネンの脳細胞タイプ三名と、抗体タイプの将校は驚いている。

　クロレオン人たちは茫然として、ブルを見つめた……最新の行動規範にもとづけば、自分たちのもっとも危険な敵と判断しなくてはならない男を。

　かれらが入手したあらゆる情報によると、自分たちの戦略的な状況は、この男のせいでひどく悪化したということだった。かれはもともとの約束に反して、最後の闘争を回避できないようにさせた張本人だ。よりによってその男が、かつて敵側の指揮官として窮地に追いこんだ者たちのもとへ、総司令官として提案しにきたのだ。

*

　ヴィーロ宙航士たちの船内は相《あ》いかわらずだった。ブロンドで活発なヘンリエット・

ジムドリックスが一キャビンに行くと、そこではジェニー・グロマと赤毛のクリス・ウェイマンと男たち数名がホロドラマのポジトロン・ゲームに興じてひまつぶしをしていた。コンピュータ・グラフィックスを使ってひとりひとりが自身のキャラクターをつくり、浮き沈みのはげしいストーリーに送りだすゲームだ。男女の笑い声から楽しそうなようすがうかがわれる。

ヘンリエットが入口のハッチで立ったまま見ていると、ジェニー・グロマが、あきれるほどドラン・メインスターに似たキャラクターをつくりあげた。ほとんど裸体でよたよた歩きまわるようすがあまりに滑稽で、参加者たちは笑いをこらえられない。

「ちょっと、ヘンリエット」ジェニーは呼びかけた。「こっちにきなさいよ。あなたみたいにうまくブリーを動かせる人はいないんだから。ほかにも完全にのぼせあがったキャラクターがゲームで必要かもしれないわ」

「そうだな、さ、ヘンリエット」男のひとりが声をかけた。「こいよ。ブリーのキャラクターがいたら最高だよ」

ヘンリエット・ジムドリックスは自分に託されたホログラム映像を解読しようとしたが、できなかった。さまざまなキャラクターが帆船やロボットやラクダとまじり、混沌としている。ブリーのキャラクターがそこでなにをするかも、彼女にはわからない。

「いま、ブリーはのぼせあがってなんていないのよ」彼女はいった。「でも、ちょうどかれの名前が出たから、ひとつニュースを聞かせるわ。ジェレムドローがクロレオン人の通信を傍受したの」

「その話、いまじゃないとだめ？」クリス・ウェイマンがいった。「みんなの気分がだいなしよ」

ヘンリエット・ジムドリックスは額の巻き毛をはらった。

「そうね、どうかしら」彼女は確信がなさそうにいった。「ブリーが隠者の惑星で恐ろしい戦争を引き起こしたみたい」

「え、かれがそんなことを？」ジェニー・グロマが言葉に詰まった。

「そう、本当なのよ」ヘンリエット・ジムドリックスは強く話した。「最後の闘争らしいの」

「最後の闘争ってのはいいわね」クリス・ウェイマンがくすくす笑う。「それが本当に最後なら、戦争をめぐるばかげた騒ぎもとうとう終わるから」

まわりの者たちがどっと笑った。

「わたしたちで、なんとかしなくてはいけないとは思わないの？」ヘンリエットがたずねる。

「わたしたちで？」ジェニー・グロマが笑う。

「そう……わたしたちで」

「ね、ヘンリエット、どうかしちゃったの？　わたしたちは、戦争のようなおろかなことに参加するためにヴィーロ宙航士として地球をはなれたわけではないのよ。下のクロレオン人がたがいの肩ごしに頭を撃ちあうほどおろかなら、ほうっておけばいいわ。わたしはともかく、戦争に巻きこまれる気はないの」

「さ、ヘンリエット、そろそろここにすわったら」クリス・ウェイマンがうながした。「ブリーを最後の闘争の偉大な戦士として表現できるでしょう。きっと、このカオスのゲームにはぴったりよ」

ほかの者たちは笑ったが、ヘンリエットはまったくおもしろみを感じられなかった。ためらいながら、デスクにつく。

ジェニー・グロマは、ヘンリエットの膝に手を置いた。

「まじめな話だけど、ヘンリエット」彼女は真剣にいった。「クロレオン人が戦争なんかするなら、かれらは頭がどうかしているわ。おまけに、ブリーもそれに参加するのなら、同じくらいどうかしている」

「かれは参加するだけではないのよ、ジェニー。指揮官のような役割も引き受けたみたい」

「そうしたら、本当に頭がおかしいんだわ！　さて……そろそろゲームをはじめましょう」

ヘンリエットはポジトロン操作盤を自分のそばに引きよせた。

ヴィーロ宙航士のなかに、隠者の惑星と最後の闘争のなりゆきに関心がある者はだれもいないということがはっきりした。ヴィーロ宙航士はだれも、宇宙のはてまで出かけて戦争をしようなどと思わない。もとめているのは冒険で、戦争とは違う。いずれにしても、明らかに理性を失った他者のために命をかけるつもりがある者はいないのだ。

＊

「これを恐れていたのよ」アギド・ヴェンドルがいった。「わたしたち、通信で惑星全土の注目を引きつけてしまったわ」

《アルマゲドン》は数分前に芸術品の島をはなれ、ヴォルカイルのいる島へ向かっていた。一刻も忘れることなく、ずっとめざしていた目的地だ。ヴォルカイルと接触し、その力を借りて、宇宙ハンザとテラナー種族とのあいだにしっかりした交易関係を築くのがかれらの課題だった。

アギド・ヴェンドルがいったのは、四方から接近してくる無数の物体が探知機に表示されていることだ。

まだだれも口を開けないでいるうちに、ミサイル一基が《アルマゲドン》の防御バリアに当たって爆発した。

「いまので明らかだわ」と、アギド。「それとも、まだわたしたちが狙われたことに疑問を感じている？」

「われわれは第三の勢力だ」ドラン・メインスターは冷静にいった。「おそらく、ほかの二勢力が大決戦に向けて準備するのを、阻止することになるだろう」

「そうだな」コロフォン・バイタルギューが同意した。こんどはミサイルが正反対の方向から飛んできて、同じく防御バリアに当たって爆発する。

ヴィールス船は加速して、たずねた。

「目的地に変更はありませんか？」

「コースは変えない」ドラン・メインスターが答えた。ふくらんだ頰が興奮で紅潮している。「ヴォルカイルの島に到着しなくては。そこなら攻撃を受けることはないと確信している」

ふたたび、船の側面で爆発があった。

「切りぬけられないわ」アギド・ヴェンドルが不安を口にした。「まわりを見て、ドラン。すっかり包囲されている」

「あなたたちは下船したほうがいいでしょう」ヴィールス船が伝えてきた。

「なんだって？」メインスターがたずねる。「聞き違いではないな？」

「ヴィーは、まさにわれわれがすべきことをいった」バイタルギューが大声でいった。

「《アルマゲドン》を出て高速グライダーに乗り換えよう。そうすれば、ヴィールス船が敵を攪乱《かくらん》して周回軌道にもどるあいだに、突破して島に向かうことができる」

「それをおすすめします」宇宙船がいった。

ドラン・メインスターはすばやく考えた。クロレオン人の数は圧倒的に優勢だ。すくなくとも十五隻の宇宙船を相手することになる。その一部からはうまく逃れられるかもしれないが、ぜんぶは無理だろう。隠者の惑星の大気圏を脱して作戦領域がひろがれば、なんとかチャンスも増えてくる。

「わかった」かれは応じた。「前方に、たくさんの島が点在する海域がある。ヴィーは水面すれすれまで降下して、島のあいだを飛んでくれ。われわれはかくれ場が多いところが見つかったら、グライダーで下船する」

ヴィールス船は急降下した。クロレオン人には、攻撃が命中して高度をたもてなくなったように見えるだろう。船は海面近くでいきなり速度をあげ、メインスターが指示した群島に向かった。

「急いでください」宇宙船が忠告する。「時間はありません」

「ヴィランを着用して、外に出るぞ」

生態学者はそう声をあげると、ほかの三名をせきたててヴィランの着用を手伝い、ともにグライダーに乗りこんだ。

「いまです！」ヴィールス船はエアロックを開いた。ドラン・メインスターは一刻も躊躇せずにグライダーでスタートする。グライダーは吹きつけてくる風でわきに流されたが、ポジトロン・オートパイロットですぐに体勢をととのえた。

ドラン・メインスターはグライダーを島のひとつに向けた。島のけわしい岸壁に洞穴がひとつあるのをミランドラ・カインズは発見し、メインスターに伝えた。かれはうなずいただけで、グライダーを急な動きでそこに入れる。かれのななめ前にすわっていたミランドラは思わず悲鳴をあげた。洞穴は奥行きがわずか数メートルしかなかったのだ。またポジトロニクスが介入して岸壁との衝突をどうにか阻止し、同時にハンザ・スペシャリスト四名のために減速した。メインスターは周囲を見まわし、外に視線を向けた。

ヴィールス船はとうに姿を消していて、高速で飛ぶクロレオン人の宇宙船が過ぎ去っていった。どこかで爆発に似た砲撃が響いた。黒い煙雲が水上にたちのぼる。

「どうやら振りきったようだ」生態学者がいい、ヴィランを着用したままグライダーから出ると、洞穴の出口に向かって浮遊した。そこから、すべて異状なしと仲間に合図する。

かれは洞穴を出て身をかくすようにしながら、上に向かって、けわしい岸壁に沿って突きだした岩まで飛んだ。ひろい海といくつかの島が見える。

アギド・ヴェンドルがそばにやってきた。彼女は、宇宙船が島ふたつのあいだをゆっくり飛び、こちらに接近してくるのを発見していた。ふたりは急いで洞穴にもどる。そこから宇宙船を観察し、探知される恐れがある機器のスイッチをすべて切った。しかし、同時にこれによって、あらゆる攻撃から身を守る防御装置も切ることになってしまった。だが、クロレオン人に探知されることはなかった。宇宙船はゆっくり通りすぎ、南の方角に遠ざかっていく。

ミランドラ・カインズはちいさく口笛を吹くと、グライダーを洞穴から出した。

「クロレオン人たちは好きにすればいいわ」彼女はいった。「わたしたちは捕まらない。捕まえたければ、もっと早起きしてがんばらないとね」

ドラン・メインスターは笑い、親しみをこめてアギド・ヴェンドルを小突くと、

「われわれ、本当にかれらを追いはらえたな」

かれはそういい、妻がグライダーに乗りこむのに手を貸した。

「ヴォルカイルがわたしたちを観察していたら？」女経済学者はたずねた。

「かれには、ほかにすることがあるだろう」ドラン・メインスターは答え、彼女につづき、グライダーに乗った。ドアを閉めると空調のスイッチを入れて、外から入る空気が清浄になるようにした。やっとハンザ・スペシャリスト四名はヘルメットをはずせるようになった。これで、盗聴を恐れながら通信にたよって会話をしないですむ。

「つまりヴォルカイルは、植民地クロレオン人や有機組織クロレオン人がゆっくりと、

でも確実に戦争に駆りたてられていくのを、観察しているということね?」ミランドラ・カインズが、グライダーを急加速させながらいった。

「そのとおりだ」と、生態学者。「いくつかの点からもわかる」

ミランドラは破顔して推測を語った。

「かれはあまりよろこんでいないでしょうね。クロレオン人たちの行動は、これまでそうはげしくはなかったから」

「それでよかったわ」と、アギド・ヴェンドル。「だって、わたしたちの命にかかわったかもしれないもの」

「すべて、それほどひどくなかった」メインスターがいう。

「核地雷をのぞいてな」コロフォン・バイタルギューが口をはさむ。「あれで、あやうくやられるところだった」

「そうだが……〝あやうく〟というだけのことだ」生態学者が笑う。

「それでも、たくさんよ」ミランドラ・カインズは嘆息した。「ドランが地雷の信管をはずそうとしたときの数分間の不安といったら、経験したことがなかったわ。かれがもし……」

彼女は蒼白になった。

「どうしたの、ミランドラ?」アギド・ヴェンドルがたずねた。

「あれ……あれ……」バイタルギューの妻は言葉につかえた。

ドラン・メインスターは振りかえり、後部の窓から外を見た。十メートルうしろに卵形の一物体が浮いている。長さが一メートルで、幅が半メートルだ。前部にクロレオンの文字がいくつか書いてある。

「あれはなに？」アギド・ヴェンドルがぎょっとして声をあげる。

「爆弾だわ」ミランドラ・カインズがうめいた。「たしかにそうよ。爆弾よ」

彼女は急いでグライダーの向きを変え、北に向けた。

「ついてくるぞ」卵形物体が同じコースをとり、一定の距離をたもってうしろを飛んでいるのを見て、コロフォン・バイタルギューがかすれ声でいった。

ミランドラ・カインズはグライダーを急降下させ、コース変更をくりかえし、急に加速したり、速度を落としたり、高度二千メートルまで上昇したりしたが……謎に満ちた卵を振りきることはできなかった。まるで、目に見えないザイルでグライダーにつながれているかのようだ。何度か十五メートルか二十メートルまで距離を引きはなしたが、すぐにまた卵は十メートルまで迫っているのだった。

「振りきれない」ドラン・メインスターは愕然とした。

「攻撃しましょう」アギド・ヴェンドルが提案する。

「とんでもないわ」ミランドラ・カインズが反対した。「それだけはだめよ。そんなことをしたら、爆発してしまうわ」

「信管を抜こうか」生態学者がいう。

「だめ！」ほかの三名が異口同音にいった。

「その考えは捨ててくれ」極限惑星建築家がいう。「二度ときみを起爆装置に近よらせたくない」

「では、なにかいい考えはあるか？」

ハンザ・スペシャリストたちは茫然として顔を見あわせた。どうすべきかわからない。

「われわれ、あの物体を振りきらなくては」ドラン・メインスターがいう。「とにかく、いますぐに。いつ爆発するかわからない」

「ひょっとして、分子破壊砲をためせないかしら」ミランドラ・カインズが提案した。

「それで起爆装置を壊すのよ」

「無理だ」バイタルギューが拒絶した。「たいていの起爆装置はそうした事態への対抗策をそなえている。爆弾はすぐに爆発するだろう」

「もちろん、ヴォルカイルの島に着陸すればいいのよ。かれに爆弾の停止をまかせられるわ」アギド・ヴェンドルが考えながらいう。

「われわれが足もとに爆弾を置くのを、ヴォルカイルが黙って眺めていると本気で思うのか？」バイタルギューが問いかけた。「ありえない。もし島に接近したら、かれはわれわれを爆弾ごと吹き飛ばすだろう。だから、そんな考えは忘れろ。このような問題を持ちこむなど、かれとの交渉にとってこれ以上ひどい条件はない」

「ここで話していてもしかたない。実行するまでよ」と、アギド・ヴェンドル。「これ以上は耐えられないわ」

「この機に反重力機器の予備があるかどうか、知っている者はいるか？」ドラン・メインスターが訊いた。

「さあな」と、コロフォン・バイタルギュー。「確認したことがない」

「どうするつもりなの？」アギド・ヴェンドルがたずねる。

「うまくいかなくても、危険な目にあうことはない」生態学者は誓った。「わたしは降りなくてはならない。だから、みんなヘルメットを閉めてくれ」

かれは空調のスイッチを切って、全員のヴィランが閉じられているのを確認すると、ハッチを開けて外に飛びだした。なんなくグライダーの速度に合わせて飛び、機体に沿って尾部まで進むと、トランクルームを開く。ここにはあらゆる補充品や非常用機器がそろっていて、なかに小型の反重力装置があった。それは緊急時にはメインの機器と交換できるほど強力だった。ドラン・メインスターはそれをとりだすと、まっすぐグライダーを追ってくる卵形爆弾にゆっくり近づいていった。

アギド・ヴェンドルは、気をつけてという気持ちを身ぶりで懸命にしめした。

メインスターはなんとか微笑を浮かべた。

かれは恐怖に襲われていた。いつ爆破するかもわからない核爆弾の起爆装置にまた触れようとしているのを、よく自覚していた。

そのまま、爆弾にまたがる。

アギド・ヴェンドルは蒼白になって顔をそむけた。ミランドラ・カインズは不安で目を見ひらき、じっと見つめている。コロフォン・バイタルギューは目を閉じていたが、唇は動いていた。ドラン・メインスターには、かれが祈りの言葉をつぶやいているのか悪態をついているのか、判断できなかった。

ミランドラは通信を復活させた。

「あなたの計画がわかっていたら……」言葉を詰まらせる。

メインスターはなだめるように右手をあげ、またほほえんだ。

「おちついて」かれはたのんだ。

「おちついて、ですって？　あなたの両手が震えているのが見えるわ」

「目の錯覚だよ」

メインスターはそういってごまかし、反重力装置を爆弾に押しつけ、強力磁石で固定した。つづいて卵形物体からすべりおり、そのわきでからだを伸ばし、指先で反重力装置のスイッチを操作する。この瞬間、爆弾は急上昇しはじめた。

ドラン・メインスターは前方に飛び、グライダーの機尾をつかんだ。ミランドラはかれの計画を悟り、最高速度まで加速すると、南西に向かって急旋回した。グライダーはひろい海面に向かって飛んだ。

ドラン・メインスターはなんとかヴィランの反重力装置を操作して、グライダーにゆるくつかまるようにした。空を見あげると、卵形爆弾が雲間に消えていた。

「やったわ」アギド・ヴェンドルが歓声をあげた。「本当に成功したのね」

7

「申しわけないが」〝意識〟を形成する賢者の脳ハーディニンがいった。「あなたのことが理解できない。われわれ、これまで、あなたは敵だと思っていた」

「あなたは植民艦隊の総司令官だろう」脳ドルーネネンがレジナルド・ブルを非難した。「密偵から報告があった」

ブリーは背筋を伸ばし、頭をそらして、三名の脳細胞タイプをきびしく見おろした。

「きみたちは理解する必要はない。ただ服従するのだ」まったく反論を許さない辛辣な調子でいう。「戦争意識はどこにいる?」

脳ヴルネネンは息苦しそうにあえぎ、窒息寸前であるかのようだ。大きな頭があちこちに揺れる。〝永遠の戦士〟に抵抗しようとするが、恐怖があまりに大きくて、できないのだ。つかえながら、自信なく説明した。

「戦争意識は……充分な成果をあげられなかった。植民惑星艦隊がクロレオンに着陸できたことについての責任は、戦争意識にある」

「おい、それは本当か？」ブリーはどなりつけた。「きみたちのためらうような態度が、より植民者を助長したのではないか？　きみたちは五千年来、最後の闘争が引き起こされる日を知りながら、いざその日がくると、戦闘を開始せず、議論ばかりしていた。戦わず、策を弄《ろう》したのだ」

「われわれは大きな責任を負っているのだ」脳ドルーネネンが弁解した。

「そうだ、責任を負っている。だが、きみたちはそれにふさわしくない。だから、わたしが即刻、きみたちにかわって最高位の戦争意識となる」

　クロレオン人三名が反論もしないで身をかがめたとき、ブルはまったく驚かなかった。もしかれらが拒否していたら、そのときは驚きを見せただろう。かれは、自身が三名をはるかに凌駕《りょうが》しており、しっかり制御できていると感じていた。なにかに驚くとするなら、かれらがこれほどかんたんに受け入れたという事実だ。ひと言いえば抗体を呼びよせられただろうに。かれらが抗体に命じたら、きっと自分は殺されていたはず。しかし、かれらはそんなことは思いもしないようだ。すべての権力をブルの手にゆだねている。

「では、仕事をはじめよう」かれはいった。「まず、この戦闘のためにこれまで準備したことについて、正確な情報がほしい。どんな戦略的な処置を講じてきたのだ？」

　脳ドルーネネンがデスクのキイを押すと、床から天井までとどくクロレオンの三次元映像が壁にあらわれた。輝く赤い記号がさまざまな種類の兵士をしめし、北半球の大陸

行してきた戦略的な考察を説明した。
のいたるところに戦闘の陣地がひろがっていた。脳ドルーネネンは、意識の三人組が実行してきた戦略的な考察を説明した。

クロレオン人の微に入り細を穿った説明がつづいたが、ブリーは辛抱強く耳をかたむけ、ほとんど質問をはさまなかった。

その後、かれが指示をくだすと、意識の三人組は驚いた。内心では、ブルがクロレオン人の陣地を弱体化させるかもしれないと考えて恐れていたのだが、そういった展開はなかったからだ。指示には意味があり、戦術的にきわめて長けていた。かれは驚くべきアイデアをいくつかと、植民地クロレオン人を押しのけるような戦略的な方策をもたらし、敵の橋頭堡を弱体化させる作戦を開始した。

二千年前からこれに専念してきたかのように、戦力を分配し、多様な兵士を戦場に割りあてていく。それからブルは、五千年間の猶予期間を最後の闘争に向けての強化にうまく使ったといって、有機組織社会をほめた。

「われわれ、最後の闘争で勝利する」脳ドルーネネンはいった。「なにがあろうと、植民者がなにを考えようと、われわれは打ち負かされない」

「どうしてそんなに確信が持てるのだ？」ブリーはたずねた。

「われわれには敵が知らない奥の手があるのだ」脳ドルーネネンが答えた。「クロレオンが放射能で汚染された荒れ地になっても、われわれはまだ、最後の砦を守り植民者を追いはらう兵士を投入できる」

「特殊改良の例をお見せしよう」脳ハーディニンがいった。「遠くはない場所だ」

かれは補助者の手を借りて立ちあがり、からだを引きずるように出入口まで進んでいくと、ドアを開け、からだを支えることのできる金属製の鉢に乗った。補助者がそこに組みこまれた反重力装置のスイッチを入れると、脳ハーディニンは浮遊して通廊を抜けていく。ブリーはあとを追った。脳ドルーネネンと脳ヴルネネンも似たような鉢にからだを押しこんだ。

脳ハーディニンの案内で入った部屋では、装甲プラスティック製パネルの奥に巨大なサーベルタイガーが寝ていた。動物は毛のふさふさした尾をのぞいても体長が四メートル、肩までの高さはほぼ二メートルあった。部屋の奥行きは八メートル、幅は六メートル、天井までの高さは二メートル半しかないので、猛獣はほとんど自由に動けない。

「ここで〝剣戦士《つるぎ》〟が見られる」脳ハーディニンが告げて、鉢についているキイのひとつを押すと、部屋のうしろの壁でドアが開き、クロレオン人一名が出てきた。ブリーは自分の目が信じられなかった。剣戦士は、腕以外はふつうのからだだ。身長は二メートル以上あり、肩が大きく張りだしている。ただ、腕は長さほぼ二メートルの三面剣のかたちに改造されていた。明らかにかたいダークグレイの物質でできていて、黒い腱があらわで関節がふたつあり、先端には針のように鋭い逆鉤《あぐ》がついている。

サーベルタイガーがからだを起こした。おどすようなうなり声が装甲パネルごしに聞こえてくる。猛獣は大きな前足ですばやくクロレオン人に一撃をあたえた。その動きはあまりに速く、ブリーの目は追いかけるのがやっとだ。

しかし、剣戦士はさらにすばやかった。腕を突きだすと、獣は明らかに重傷をあたえられたようで、あとずさり、向かいの壁まで逃げていく。ここでジャンプするように身がまえたが、攻撃はしない。クロレオン人が防御するように両腕を高くあげると、獣は恐れているようなそぶりを見せた。

「やつを殺せ」脳ドルーネネンが命じた。

剣戦士はしたがった。獣に突進し、腕で串刺しにする。心臓を貫かれた獣はいきなり倒れ、床で動かなくなった。

「よくやった」脳ハーディニンがほめる。

「みごとだ」と、永遠の戦士。「こうした兵士がいれば、われわれは最後の闘争を恐れる必要はないだろう」

「これは数あるうちのひとつにすぎない」と、脳ハーディニン。「われわれは剣戦士を数千名、動員できる。さ、先に進もう」

かれは浮遊したままドアを抜けて、べつの部屋に入った。ここも装甲プラスティックでふたつに分けられている。ここではパネルの向こうにネズミに似た生物が寝ていた。

体長は一メートルだ。

「このなかは、われわれには致命的なほど危険な量の放射線で満たされている」脳ヴルネネンが説明した。「しかし、あの動物にはまったく影響はなく、われわれの〝放射線戦士〟にも問題はない」

ドアが開き、一生物があらわれた。通常のクロレオン人とは似ても似つかない姿だ。肌は黒くひびだらけで、からだ全体がこぶし大の瘤におおわれていて、腕からは皮膚が長く垂れている。

放射線戦士はネズミに似た獣に素手で跳びかかり、頸を絞めた。獣は何度も戦士にかみついたが、その歯はクロレオン人の皮膚を貫くことはできない。

「抜群の改良だ」レジナルド・ブルはほめた。かれはすっかり心を動かされていた。金属の手袋の影響を受けていなければ、このような生物を目にして気分が悪くなっていただろう。しかし、いまはクロレオン人の戦いの準備に賞讃の念を感じている。

「ここにはほかに十五種類の特殊改良タイプがいる」脳ヴルネネンが熱っぽくいった。

「すべてを見せてもらわなくてもいい」永遠の戦士がいう。「名称だけ聞けば充分だ」

「真空戦士、水中戦士、昆虫戦士、飛翔戦士。さらに、せまい場所をすりぬけることができる無定形戦士など、さまざまな種類がいる」脳ヴルネネンがいった。「あらゆる種類の特殊な武器アームを持つ戦士もいる。すべて傑出した戦闘マシンだ。考えられるかぎりの環境条件に投入できる」

「わたしは前言撤回しなくては」ブリーが応じた。「きみたちは最後の闘争に向けて、よく準備したどころか、まさに完璧に準備したのだな」

「われわれ、このような結果を得るために、考えうるかぎりの遺伝子実験をしただけ」脳ドルーネネンが説明する。

「きみたちには非常に満足している」テラナーはほめた。心の奥底では、こうした生物の改良に嫌悪感をいだき、憤慨する声が聞こえていたが、かれは聞き流した。

「この改良生物を動員する気はあるか?」現実的な脳ヴルネネンがたずねる。

「もちろんだ」と、ブリー。「われわれ、予備軍をおくことはしない。使える戦力はすぐに適切なところに配置する」

「すぐに、それに応じた指示を出そう」脳ドルーネネンは約束した。

「真空戦士は宇宙空間に配備できるだろうか?」

「いつでも」

「では、周回軌道に送れ。そこにいる植民者の宇宙船に接近させるのだ。だが、攻撃はまだひかえてほしい」

レジナルド・ブルは脳細胞タイプ三名と司令本部にもどり、シートに身をしずめた。そのとき突然、カーテンが引き裂かれて光が見えた気がした。かれは金属の手袋を見つめ、それをつかむと、はずそうとした。しかし、うまくいかない。

かれは考えた。わたしはいったい、ここでなにをしているのだ？　なぜ、クロレオン人をたがいに戦わせている？　どうして、この戦いを無理に押し進めているのだ？

かれは視線を映像に向けて、ぎょっとした。両軍勢が前線を定めたのを見逃さなかったのだ。戦闘の隊列がまっすぐ向かいあい、せまいところでひしめきあっている。いつ危険な挑発が引き起こされてもおかしくない。

隠者の惑星は火薬樽のようだ。導火線にはすでに火がついている。この一日のうちに爆発するのは、時間の問題だった。

植民地クロレオン人の配置のいくつかは理想的ではなく、改善の余地があった。戦力があるべきかたちに分散配置されていないのだ、と、レジナルド・ブルは気づいた。自分が変えなくてはならない。

さらに二時間ほど、〝意識〟の司令本部がある掩蔽壕にとどまる。このあいだに、有機組織社会の特殊改良クロレオン人たちが動員された。その後かれは、なにも説明することなくそこをはなれた。自分が乗ってきた搭載艇にもどってスタートすると、植民地クロレオン人の艦隊に向かって飛んだ。

＊

コロフォン・バイタルギューが操縦をになった。グライダーをさらに降下させ、水面から二メートルもない高さを飛んでいる。

「向こうにヴォルカイルの島があるわ」だれよりも目のきくアギド・ヴェンドルがいった。「もう塔が見える」

「だが、そろそろ時間ぎれにもなりそうだ」ドラン・メインスターがつぶやく。

ミランドラ・カインズは通信機器を担当していた。通信を傍受しようとするが、なにもつかめない。

「どこもしずかだわ」彼女は驚いていた。「どういう意味かわかる?」

「はじまったのよ」アギド・ヴェンドルが答える。

「ここから脱出するための宇宙船は、もはやわれわれにはない」バイタルギューが確認した。「くそ、降りるはめになっていなければよかったのだが」

「そう、いらいらするな」ドラン・メインスターがいう。「ほかに選択肢がなかったのはわかっているだろう」

島が急速に接近してきた。塔がはっきり見える。五百メートルの高さがあり、堂々としていて、この環境で完全に場違いだった。不規則な球面を組みあわせて建てられたかのようだ。

「不思議な建造物だわ」と、アギド。「あんなもの、見たことがない」

「あれがここに建っているということには、なにか意味があるにちがいないわね」ミランドラ・カインズが考えこんだ。

「意味があるかどうかは、わたしにはどうでもいい」ドラン・メインスターがいう。「いま考えているのは、ヴォルカイルのことだけだ。まもなくつかまえられるといいが」

四名は島に到着した。着陸のさい、妨害を受けることはまったくなかった。植物の藪が繁茂して島をおおっているが、ここには巨大なキノコはなく、高さが二十メートルにもなるトクサがひろがっていた。地面はぶあつい苔《こけ》で埋めつくされ、そこに数万羽の鳥が巣をつくっている。食べ物は海でいくらでも見つかるのだろう。

コロフォン・バイタルギューは数回、塔を旋回してから、ある空き地に着陸した。

「どうする?」かれはたずねた。「通信でヴォルカイルに呼びかけるか?」

「待て」ドラン・メインスターが無愛想にいった。「かれは、すぐに連絡してくるだろう」

ミランドラ・カインズはかぶりを振った。

「どうして、そんなに確信を持てるの?」彼女はいらだった。隠者の惑星にひろがる緊張に、これ以上耐えられないのだ。通信がまるでないことに、神経がすりへらされている。すでに遠方から低く爆発音が聞こえたような気がしていた。

「元気を出せ」メインスターは熱心にいった。「冷静さを失ってしまえば、なにもできない」

「ミランドラのことはほうっといてくれ」コロフォン・バイタルギューが強くいった。

「おちつけ、若いの」と、生態学者。「たのむから彼女の面倒をみるんだ。わたしがそうしなくてもすむようにな」

極限惑星建築家は怒って反論しかけたが、ミランドラにとめられた。

「ちょっと聞いて」彼女はささやいた。

かすかな音が響いている。はじめはガラスの楽器のようだったが、だんだん金属的な音になってきた。

「ヴォルカイルだ」ドラン・メインスターが小声でいった。「ハリネズミ装甲車の棘《とげ》がぶつかって音をたてているのだ」

「こっちにやってくるわ」ミランドラ・カインズがつけくわえた。

「行こう。グライダーから降りるぞ」メインスターが命じた。「それとも、ぼんやり窓にもたれたまま、窓ごしにおしゃべりするか?」

アギド・ヴェンドルは神経質に笑った。ハッチを開け、そこから浮遊して出ていく。ほかの三名もあとを追った。だれもなにもいわない。いまは、目前に迫るエルファード人との出会いに全員が集中している。かれらにとってこの機会は、隠者の惑星でのこれまでのあらゆる出来ごとよりもずっと重要だ。

アギドはエルファード人のハリネズミ装甲車をはじめて目にした。音をたて光を発しながら、窪地から出てきて、ゆっくり近づいてくる。地面を移動しているのか、苔の上を浮遊しているのかはわからない。

ハリネズミ装甲車は、ハンザ・スペシャリスト四名が思っていたよりも巨大だった。長さは四十メートルにとどかんばかりだ。正面からは、様式化されたハリネズミの頭部が突きだしている。

「きみを探していた、ヴォルカイル」ドラン・メインスターが呼びかけた。「話をしなくてはならない」

「ここにくるために、あらゆる苦難を乗りこえてきたのだろう」エルファード人が、乗り物の内側から甲高い声で応じた。スピーカーがしこまれているようだ。

「それほどでもない」ドラン・メインスターが軽くいう。「実際、クロレオン人による困難はもっと大きなものだと思っていた」

「クロレオン人は戦いの前線にいる」ヴォルカイルの話し方には独特の心地よさがある。まるで、歌っているようだ。

「最後の闘争が、全惑星の話題にのぼっているわ」ミランドラ・カインズがいう。

「開戦は目前だ」

ドラン・メインスターは片腕をあげ、仲間のハンザ・スペシャリストたちに、会話を自分にまかせてしずかにしていてほしいと合図した。コロフォン・バイタルギューはうなずき、数歩うしろにさがった。メインスターが正しいと思ったのだ。全員であれこれ話しても意味はない。ふと、高さ五百メートルの塔を眺める。先が揺れているような気がした。

「クロレオン人は、どうしてもそうしたいと思ったら、派手にやるだろう」ドラン・メインスターがいった。「自分たちの惑星を放射能で汚染された荒れ地にするかもしれない。だが、そんなことはわたしには、どうでもいい。われわれ、この惑星にはまるで無関係だから。われわれは最後の闘争について議論するためではなく、きみの役にたつためにやってきたのだ。こちらのことはしばらく前から観察していただろう。だから、われわれが何者か判断できるはず」

「きみたちはよく戦ってきた」と、ヴォルカイル。「だが、高位の者に服従し、仕える用意はあるか？」

「当然のこと」と、ドラン・メインスター。

「より下位の者にも、わたしが仕えよと命じたら服従するか？」

「もちろんだ。どんな指示にもしたがう」生態学者は誓った。

「もちろん」ミランドラ・カインズ、コロフォン・バイタルギュー、アギド・ヴェンドルも口をそろえた。ホーマー・G・アダムスと宇宙ハンザのためなら、四名は魂も投げだす覚悟だった。

「よし、わかった」ヴォルカイルは歌うようにいった。「了解した。では、わたしにしたがうのだ」

8

レジナルド・ブルは当然のように植民地クロレオン人の旗艦のなかに入った。全艦隊が自分の配下にあることをみじんも疑っていないかのようだ。

数名の将校が待っていた。かれのために場所をあけ、軍隊式の挨拶をして、艦隊の提督たちが集合する司令室に案内する。

自分がどこにいたかは、当然みな知っているだろうと、ブリーははっきりわかっていた。だが、まったく気にならない。

提督たちは黙ったまま、かれを出迎えた。

かれは片腕をあげて挨拶すると、すぐに隠者の惑星についての話に入った。

「すでに準備は完了した。あとは最後の闘争の開戦合図を待つだけだ」

「それまでに説明していただきたいのですが」惑星ペルペティンの指揮官エルクルッがいった。

「わたしも聞きたいと思います」と、惑星サンス＝クロルのタルキフォ。

ブリーは目をぎらつかせて提督たちをにらみ、こういった。

「そんな言葉を聞かされるとは思っていなかった。戦士法典は服従をもとめる」

「われわれには、かなり有利な、よく仕上げられた陣地がありました」クァルスキガー提督がいった。「橋頭堡は戦略的なポジションにあったので、そこから仮の勝利をおさめられるはずだったのです」

「ですが、敵はいま、あなたの協力を得て防衛線を張りました。われわれ、大きな損失を覚悟しなければ、そこを突破できないでしょう。あなたがかれらのところに行って、われわれの弱点をもらしたからです。あなたはわれわれの利益に反する行動をした」惑星アルヴァアンドレーのカルヴ＝アン＝ドログがいう。頑強な男はブリーに近づき、挑発するように両手を突きだした。「その行動の理由を聞かせてもらいたいのですが」

「わたしは服従をもとめる」ブリーはくりかえした。「それがすべてだ。わたしが最後の闘争を指揮する。わたしは永遠の戦士で、この決戦の総司令官だから」

「こうして話していても、埒《らち》があかない」ペルペティンのエルクルツが大声でいった。

「決断をお願いします。永遠の戦士には、こちらの戦力に明確な利益が生まれるようにしていただきたい。それが無理であれば、われわれ、自分の責任で行動します」

「それは不可能だ」と、ブリー。「わたしがきみに屈するとは思わないだろう？」

かれは左腕を高く伸ばし、金属の手袋が全員に見えるようにした。

「なにが危険にさらされているか、わからないのか？　きみたちは、自分たちが五千年で築きあげたものを、一時間で破壊したいのか？」

「われわれは歴史的な使命を実行したい」サンス＝クロルのタルキフォが答えた。「その使命が、最後の闘争を指揮せよと命じています」

「まさにわれわれ、それをするつもりです」エルクルツが強調する。

「十五分後に攻撃を開始します」アルヴァアンドレーの提督が知らせた。

「〝意識〟の拠点を水素爆弾でかたづけることを決定しました」タルキフォがつけくわえる。

「わたしはなんとか、そのような決断がくだされないよう尽力してきたのです」クァルスキガー提督が謝罪した。「あなたが帰艦するまで服従をもとめていましたが、うまくいきませんでした。そのため、陣営がふたつに分断されてしまいました。まだあなたへの忠誠を守っているのは、艦隊の半分だけです」

　ブリーは、提督たちが自分の手に負えなくなり、はなれていくのがわかった。金属の手袋の魔法をあてにしていたが、その力は失われてしまったようだ。自分やほかの者に対する以前のような作用はもたらされない。自分自身、縛りつけられていた影響力から解きはなたれるのを感じた。疑念がどんどん強くふくらんでくる。自分は実際なにをしているのかと、何度も自問しはじめた。隠者の惑星の住民の今後を考え、背筋がぞっとする。しかし、手袋の影響や手袋そのものから完全に解放されようとする試みは失敗に終わった。

権利が失墜したいま、どのように埋めあわせればいいのかわからない。

「十五分後？　ま、いい。攻撃しろ。掩蔽壕を〝意識〟ごと破壊せよ。それがいいだろう。結局、最後の闘争が開始されることがだいじなのだ。ほかのことはどうでもいい」

「では、了解したので？」エルクルッがひどく驚いたようにたずねた。「あなたがたったいま、忠告をあたえて助けた者たちを破滅させても、反論しないのですか？」

レジナルド・ブルは母趾球の上でからだを揺らし、尊大な態度でクロレオン人を見おろす。

「友よ。このわたしが自分の戦略をきみにもらすと思うのか？　その単純さにはうんざりだ」

「エルクルッ、いっただろう。永遠の戦士に反抗したら、われわれの成功全体が危険にさらされる」クァルスキガー提督がいった。

エルクルッは自信がなくなっていたが、一度くだした決断にしがみついた。

「あと十二分で爆弾を落とします」かれはいった。「それは変わりません」

「そこに異論はない」レジナルド・ブルが応じる。

〈十二分後に隠者の惑星でカオスが勃発する〉という思いが、ブリーの頭をよぎった。

〈破滅のはじまりだ。わたしはそれを阻止しなくてはならない。破滅が起きてはならないのだ〉

かれはなにかいおうとしたが、唇からまったく声が出ない。同時に、手袋が温まってきて、てのひらに熱い針が触れているような気がした。手袋をつかみ、はずそうとする。一センチメートルほど動いてはずれかけたが、また手袋はもとにもどり、さっきまでと同じようにしっかりはまった。

ブリーはクロノグラフに目をやった。

あと九分。

〝永遠の戦士〟は勝利のよろこびがわきあがるのを感じていた。あと九分で目標に手がとどく。隠者の惑星が核の炎のなかで消えゆくのを目撃する証人になるのだ。

レジナルド・ブルは恐怖と戦い、〝永遠の戦士〟と戦っていた。この恐ろしい事態を押しとどめ、自分をコントロールする未知の力に抵抗する可能性を、絶望的な気持ちで探しもとめていた。

かれは、細胞活性装置が拍動するのを感じた。通常よりもはげしく強く脈打っている。装置もやはり手袋の力と戦っているのだ。ひょっとしたら、すでにいくらか地歩をかためたかもしれない。

クァルスキガー提督がかれをじっと見つめる。なにか言葉を発するのを待っているようだ。しかし、ブリーは黙っていた。

あと六分で最後の闘争の火蓋が切られる。六分で、隠者の惑星に生きる者すべての命を奪う地獄の蓋が開かれるのだ。

助けてくれ！　テラナーのなかで声が叫ぶ。ああ、神よ。カタストロフィを引き起こさないでください！

かれは手袋をしっかり握った。手袋をとりさるためには、だれかの手助けが必要だ。提督のひとりが手を貸してくれるだろうか？

きっと無理だ。レジナルド・ブルは考えた。

〈けっして手を貸したりするものか〉〝永遠の戦士〟は勝利を確信していた。〈戒律のことを考えよ！　戒律がおまえに義務づけているのは、服従、名誉、戦い。おまえの哲学は恒久的葛藤だ！〉

あと四分。

ブリーは、こんな負担にはもはや耐えられないと思った。細胞活性装置が胸のところではげしく動く。苦痛を感じるほど強く、インパルスがリズムを刻んでいる。

〈有機組織社会はこのカタストロフィに向けて準備してきた〉〝永遠の戦士〟がいった。〈有機組織社会は生きのこる。その住民は、放射能汚染された荒れ地でも存在しつづけられる〉

〈異常化した生物だ！〉テラナーは応じた。〈最後の闘争で勝利するために、あらゆる倫理的な原則を無視して異常化した社会の被造物だ〉

あと二分。

〈なんとかしなくては！〉ブリーのなかで声が叫ぶ。

〈おまえにはなにもできない、けっしてな！〉〝永遠の戦士〟があざける。

あと一分。

「もはや、これまでだ」クァルスキガー提督がいった。

「最後の闘争がはじまる」と、サンス＝クロルのタルキフォ提督。

あと四十秒。

通信将校が司令室に入ってきた。

「ヴォルカイルから連絡がありました。クァルスキガー提督と話したいそうです」

「いま、このときにか？」ブリーは驚いた。

「最後の闘争がはじまる前に、とのこと」将校が強調する。

「つないでくれ」テラナーは命じた。

あと二十秒。

スクリーンが明るくなった。しかし、エルファード人の武装の格子《こうし》状マスクがうつるだけだ。その奥でグリーンの猛獣の目が光っているが、姿はよく見えない。

あと十秒。

「きみたちと話す必要がある」ヴォルカイルがいった。「永遠の戦士とクァルスキガー提督はすぐに島のわたしのところにきてほしい」

「しかし、最後の闘争は？」エルクルッはつかえながらたずねた。「あと五秒で開戦だが」

「きみたちと話す必要がある。闘争開始は遅らせるのだ」エルファード人は命じた。反論を許さない口調だ。

スクリーンが暗くなった。

クァルスキガー提督は全指示を撤回し、最後の闘争の開始をあらゆる方法でとめた。

「わからないのだが」アルヴァアンドレーのカルヴ＝アン＝ドログがうめく。「かれは長いあいだずっと、われわれが最後の闘争に参戦するのをもとめてきたではないか。それが、はじまる寸前のいまになって制止してくるとは」

「ぐずぐずするな」ブルがうながした。「島へ飛ぶぞ。ヴォルカイルの話を聞かなくては」

「わたしはのこります」エルクルッが反論した。「部下たちに事態の説明をするので手いっぱいです」

「いや、だめだ」と、レジナルド・ブル。「同行しろ。全員でヴォルカイルの島に飛ぶ。

いますぐにだ」

ブリーは提督たちに、全員で搭載艇にうつると指示した。かれらは異議をとなえることなくしたがい、小型艇に乗りこむ。ほぼ確実に問題なくヴォルカイルの島に着陸できるだろう。クァルスキガー提督はエルファード人の島に向かうように操縦士に伝えた。すぐに搭載艇は艦隊からはなれ、隠者の惑星の大気圏に入った。それほどたたずに島が眼前にあらわれる。

レジナルド・ブルは、クロレオン人の提督たちほど困惑していなかった。かれ自身の自我が、謎の手袋に対してより強く抵抗できるようになったからだ。決戦開始をまた延期できたことで、安堵感もあった。ヴォルカイルの行動の理由を探ろうとしてもわからない。エルファード人にとって、これから起きるカタストロフィでは規模が充分でないのだろうか？　最後の闘争で生存者がのこるのが気にいらないのか？

小型艇は島のはしの平坦な岬に着陸した。テラナーの男女二名ずつが艇に接近してきた。そのあとを、ヴォルカイルの巨大なハリネズミ装甲車が追ってくる。

「降りるぞ」レジナルド・ブルがいった。「まだ、なにを待っている？」

提督たちは搭載艇を降りた。全員、無言だ。すべてが完璧にそろったように見えたのに、なぜエルファード人が介入してきたのか、必死で考えているのだ。

銀色に輝く戦闘グライダーが一機、北から急接近してきた。一度、旋回すると、搭載艇から五十メートルはなれた、トクサの森のはしに着陸する。グライダーの側面で幅五メートルのハッチがスライドして開き、三名の脳細胞タイプ……脳ドルーネネン、脳ハーディニン、脳ヴルネネンが、鉢に乗って補助者にともなわれて浮遊してきた。三名はブリーに接近。三メートルもはなれていないところから、とほうにくれたようにブリーを見つめた。

「なにがあったのだ？」脳ドルーネネンがはげしい調子でたずねた。「もはやまったくわからない」

「全員、頭がどうかしてしまったのだろうか」脳ヴルネネンが立腹する。

「しずかに」冷静な脳ハーディニンがいった。「まずはヴォルカイルの話を聞きたい」

「わたしに武器があれば、きみたち三名をいっきに撃ち落としていただろう」サンス＝クロルのタルキフォ提督が興奮したようにいった。「きみたちを見ていると、気分が悪くなる。きみたちはもはやクロレオン人ではなく、試験管で生まれた合成品だ」

意識の三人組はこの侮辱に耐えた。だが、賢者の脳ハーディニンが激情的な脳ドルーネネンをおさえなくてはならなかったのは、見逃しようがなかった。

「われわれをここに呼んだ理由をそろそろ話してくれないか？」ブリーは、鎧をつけたまま装甲車から降りてきたエルファード人にたずねた。「関与者の両陣営が集結しているようだが。さらに、これら四名のヴィーロ宙航士も」

「いえ、われわれは関与者ではありません」ドラン・メインスターが皮肉をこめていった。「むしろ、無関係だといえます」

レジナルド・ブルはこの言葉に裏の意味があるのを感じとり、憤慨して生態学者にはげしい言葉をぶつけようとしたが、ヴォルカイルに鋭く声をかけられて、冷静さをとりもどした。

ブリーは金属の手袋をつけた手をあげた。

「そのとおりだ。かれのいったことはどうでもいい。いま重要なのは、われわれを呼んだ理由をきみが説明することだろう」

「そのために、わたしはここにいる」ヴォルカイルが歌うように応じた。

「で？」

「最後の闘争は終了した」と、ヴォルカイル。

爆弾がすぐそばに落ちたとしても、これほどの衝撃は引き起こさなかっただろう。

「なんだって？　終了した？」エルクルツが声をあげた。

「まだはじまってもいないのに」アルヴァアンドレーのカルヴ＝アン＝ドログがいう。

「まったく、なんということ……」サンス＝クロルのタルキフォがつかえながらいった。

「わたしは永遠の戦士カルマーの従者だ」ヴォルカイルは説明した。「永遠の戦士の代理として最後の闘争をおこなうために、この星系に配属され、任務をはたした。戦闘は終了した。わたしはきみたちの審査員として、ここに勝敗の結果を伝える」

「だが、われわれ、まだ戦っていない」エルクルツが疑問をいった。

「結果はどうなのだ?」ブリーがたずねた。

「引き分けだ」戦士カルマーの従者は答えた。「最後の闘争の勝者はいない」

植民惑星艦隊の提督たちと、意識を形成する脳細胞タイプ三名は、驚きのあまり、言葉が出てこない。

「わたしはここに、クロレオンの住民が戦士カルマーの試験を突破したことを告げる。最後の闘争でのきみたちの行動がそれを証明した。有機組織クロレオン人も植民地クロレオン人も、永遠の戦士の帝国に受け入れられる資格を得たのだ」

ヴォルカイルの頭がいくらか持ちあがった。

「ヴィーロ宙航士たちには、これほどいい評価はあたえられない」かれはつづけた。「だが、かれらは無関係の観察者ということで寛大にとらえよう。試験に合格したヴィーロ宙航士は数名のみ。正確を期するなら、四名だ。クロレオン人たちには、わたしから転送技術の知識を伝えよう。戦士からの褒美だ!」

ヴォルカイルがドラン・メインスターに合図すると、メインスターはミランドラ・カインズ、アギド・ヴェンドル、コロフォン・バイタルギューとともに塔の方向にもどり、木々のあいだに消えた。意識の三人組はスタートして急速に遠ざかり、植民惑星艦隊の提督たちは考えこみながら搭載艇に乗りこんだ。のこったのはレジナルド・ブルとエルファード人だけだ。ブリーが金属の手袋を引っ張ると、突然それは手からはなれる。ブリーは驚いてこの奇妙な物体を見つめた。

悪夢からさめたような気分だ。なにが起きたかはわかるし、詳細もおぼえている。だが、自分がクロレオン人を完全な破滅寸前にまで導いたことは、もはや理解できなくなっていた。

「わたしは三つの陣営ぜんぶから数名ずつを選びだした」ヴォルカイルが説明した。「かれらはいくつかの点で傑出していて、戦士カルマーの従者としてふさわしい。あなたも見こみがあったが、いわゆる〝決闘の手袋〟はあなたを永遠の戦士にせず、せいぜい候補者どまりとしたのだ」

ブリーはエルファード人を言葉もなく見つめた。まだ驚きでぼんやりしたまま、その場に立ちつくし、自分がしたことを終わらせようともがく。だが、自分が未知の意志の支配下にあったといってもまったく意味はない。自身が背負った罪について、無実だというこどもできず、いいたくもなかった。唯一のなぐさめは、人類にもクロレオン人にも被害者が出なかったことだ。

「永遠の戦士の帝国のさらなる奇蹟を楽しんでもらいたい」ヴォルカイルはあざけるような口調で別れを告げると、うしろを向き、ハリネズミ装甲車に乗りこみ、すぐに発進した。

ブリーは手袋を左のわきにはさみ、植民地クロレオン人の搭載艇に向かった。エアロックに入ったとき、頭上ではげしい音が響いた。見あげると、塔の先端が分離するのが見えて驚愕した。上のほう、長さ二百メートルにわたる部分の終わりのところで、恒星のように明るい灼熱の光が発してすぐに消える。先端部分は反重力フィールドによって空へ上昇し、最高価で加速。はるか彼方に向かったのだ。ブリーはエアロックを閉めた。

耳にした音と目にした光景で、感覚が麻痺したようになる。自分を戦士の候補者といったとき、ヴォルカイルにはどんな意図があったのか？　永遠の戦士の帝国のさらなる奇蹟を楽しめという言葉は、なにを意味していたのだろう。この危険な戦争ゲームで、ヴォルカイルはなにをしたかったのか？　クロレオン人の五千年間の武装はなんのためだったのか？　クロレオン人はどうなるのだろう。有機組織社会の発展は制止されるべきなのか、それとも続行されるべきなのか。恐ろしい遺伝子実験の結末になにが待っているのか。あるいは、謎の戦士カルマーはこの実験をさらに進めたかったのか？

ブリーはシートに腰をおろした。搭載艇がスタートするのを感じたが、かれにはまったくどうでもよかった。未知の力に操り人形のように使われたのを自覚する。きわめて気にいらない事態だ。自分が未知の力のおもちゃになったとは、心の奥底から嫌悪感をおぼえる。侮辱され、挑発された気がした。

搭載艇がクロレオン人の艦隊に到達すると、かれは物思いにふけりながら降りて、《エクスプローラー》に向かった。

自船に向かう途中で通らなくてはならない通廊の床に、ジェニー・グロマとヘンリエット・ジムドリックスがうずくまっていた。女二名は球状のグリルを組み立て、そこで音をたてて肉を焼いている。グリルの下側でもなにか調理していた。

「あら、偉大な戦士がくるわよ」ジェニー・グロマが大きな声でいった。「こんにちは、ブリー。兵器産業の代理人になって、とても上機嫌だと聞きましたが」

「ほうっておいてくれ」かれは機嫌悪く応じた。立ちどまり、かぶりを振りながらグリルを見おろす。「いったいなにをやっているんだ？　どうしてまたこんなところで肉を焼いている？」

「この肉がすばらしくおいしいから」ジェニー・グロマが答えた。「ちょっと味見します？　最高の味ですよ」

「ピザもありますよ」ヘンリエット・ジムドリックスがにやりとする。「膝を打つほど最高のピザを打つ、なんてね！」

どうかしているというように、ブリーは頭を指でたたいた。

「きみたちは、まったくどうしようもない」そういいながら、このヴィーロ宙航士ふたりと話してもほとんど意味はないと思い、先に進んだ。《エクスプローラー》でストロンカー・キーンに出迎えられたときには、ほっとした。

ブリーは苦笑しながらいった。

「わたしはいくつか問題をかかえている」

「手袋のせいですね」友はいった。

「まさにそうだ。だからすぐに搭載艇でスタートし、〝おとめ座の門〟に向かおう。そこでストーカーのパーミットはおはらい箱だ」

「つまり、手袋を恒星のなかで燃やしつくすつもりですか？」

「まさにそのつもりだ。行こう。一刻もむだにできない」

「われわれ、べつのヴィーロ宙航士グループの救難信号を受信したのです」ストロンカー・キーンが伝えた。「とぎれとぎれでしたが、ロナルド・テケナーが《ラサト》で作戦をくりひろげようとしていた宙域からだということはわかりました」

ブリーは友を見つめ、すこし考えると、決断した。

「この手袋を捨て去ったら、その救難信号にとりかかろう。発信源の宙域に行くのだ」

エアロックが二名の背後で閉じた。数分後、搭載艇がスタート。それから一秒もたたずに、金属の手袋は恒星〝おとめ座の門〟に向かってほうりだされた。

ヴィーロ宙航士の狂騒

H・G・エーヴェルス

登場人物

ペリー・ローダン……………………銀河系船団の最高指揮官
ゲシール………………………………ローダンの妻
シ＝イト………………………………もと艦隊指揮官。ブルー族
イ＝ステュリュクス
オ＝ビュリュクス
…………《リュルリュビュル》乗員。ブルー族
オロス・カラカイ
ハフィラ・マモック
…………《ナゲリア》乗員。エルトルス人
タンゴ・カヴァレット
オリガ・サンフロ
………同乗員。シガ星人
シャストル・ドルモン…………《ブラディ・マリー》乗員。テラナー
リルダ・コンタル…………………《オーキッド》乗員。テラナー
マグス・コヤニスカッツィ……謎のヒューマノイド

1

かれは迷っていた。

それもそれほど悪いものではなかっただろう。というのも、迷うことは、いわばかれの仕事の一部だからだ。しかし、今回は空間のなかだけでも、時間のなかだけでもなく、空間と時間の両方で迷っている。

ともかく、かれはそう思っていた。周囲の環境がまったくなじみのないもので、既知の概念では説明できなかったためだ。ここにふさわしい名称はなかった。

かれ自身の名前すらない。

自分がどんな名前なのか、かれは忘れてしまっていた。絶望感に襲われながら、自身の姿を眺めまわす。シルバーグレイの宇宙服を着用している。それはまだ判断できて、さらにその細かい技術についても理解していた。外側マイクロフォン、外側スピーカー、緊急発射スイッチや飛翔装置の操作盤をそなえた幅のひろい外側ベルトがついている。背中に背負っているのが多目的背嚢《はいのう》という名前だということもわかっていた。

考えこみながら、こぶしの太さで下腕くらいの長さがある黒い杖をベルトから抜いた。杖をとりまく六個の真っ赤なリングをじっと見つめる。これはなにか武器のようだ。ためすようにしっかり杖に手を押しつけてみて……次の瞬間、それがあった場所を凝視することになった。杖は、その存在をただ想像していただけであるかのように、跡形もなく消えてしまったのだ。

しかし、すぐに周囲でなにかが動きはじめたのに気づき、杖について思いをめぐらせるのをやめた。すべてが急激に変化している。

あるいは自身が、うつり変わる環境をわたり歩いているのだろうか？

かれには説明できなかった。手がかりがない。それについてたずねられるような相手もいない。

そう考えて、かれはぎくりとした。

このありえないような環境に足を踏み入れる前、ひとりではなかったのをぼんやり思いだしたのだ。だれかがそばにいた……いまもなんとなく、ひとりではないという感情をいだいている。

あたりを見まわした。大声で呼びかける。ほかの生物は見えず、呼びかけに応える声もなかった。しかし、自分はひとりではないという感覚はのこっていた。すぐそばにだれかがいる。

「どこにいるんだ?」ささやくようにたずねた。

明るいグリーンの光の軌道が二本、こちらに向かってきて、目の前で交差し……爆発して、音もなく色鮮やかな花火となり、散っていった。

そして、暗くなる。

しかし、それも長くはつづかなかった。

ふたたび明るくなったとき、すべてが変わっていた……

2

オロス・カラカイとハフィラ・マモックは身じろぎもしないで可変シートにすわり、《ナゲリア》の高い丸天井を埋めつくすパノラマ・スクリーンをじっと見つめていた。

このパノラマ・スクリーンが生みだす光の効果で、船がグリーンに光るレールに沿って、不気味な速度で疾走しているような印象を感じる。レールはあちこちに揺れ動きながら、無数の大きなカーブを描き、はじけるような色の海のなかをはしっている。

いまちょうど《ナゲリア》は、ブラックホールのむらさき色に燃えあがる奈落をぎりぎりのところでこえて驀進《ばくしん》していた。ブラックホールの中心は、水銀のしずくにいくらか似た輝きを見せている。

ハフィラ・マモックはうめき声をあげた。死を招くブラックホールの美しい光景も手伝って、この恐ろしいスピードに無力感をかきたてられたのだ。それに対して、潜在意識が身を守ろうとする。死というものは、もとめるべき価値のあるべつの存在形式に移行するための甘美な過程にすぎないと、理性に信じこませることで。

オロス・カラカイも光の印象と心理的な作用に魅了された。心のごくちいさなかたすみでは、ハフィラと自分が正気を失いそうな危険な領域を漂っているという感覚が働いている。

意志の力を集中させて、この呪縛と戦うが、あまりにつらくて汗が噴きだし、ほとんど戦いをあきらめかけた。だが、エルトルス人の自尊心がそれを阻止した。植民惑星ツァルテルテペで生まれたあらゆる環境適応人のなかでも、エルトルス人はとくに誇り高き種族だ。

呪縛からようやく逃れられたとき、かれは歯を強くかみしめていた。テラナーならアフロヘアと名づけるであろう、ゆるくカールした髪の大きな頭を振り、喉の奥を鳴らす。右側にすわっているハフィラのほうを向き、その肩に手を置いて軽く揺すった。

ハフィラは身をすくませて目を大きくまわすと、反射的にオロスを殴った。下からのこぶしが上腕にすばやく命中し、オロスは右腕全体がしばらく動かなくなった。

そのあとようやく、女エルトルス人はわれに返った。

「ごめんなさい、オロス」たったいま味わった体験のせいで、魂が抜けたかのような声を出している。

彼女はうめきながら顔を両手に押しあてて、やはり頭を振った。オロスと同じような髪型をしているが、もちろん女の顔で、体形はまるみを帯びている。また口髭《くちひげ》もない。

と、きみのせいではない」オロスは応じ、右腕の腱や筋肉に命令インパルスをあたえることに、意志力の一部をかたむけた。「この反応を予測しておくべきだったよ」

「あなたたちは問題をかかえていますね」心地よいアルトの音域の声がした。あちこちから同時に聞こえてくるようだ。「なにか手助けできますか？」

「無理だ、船よ」オロス・カラカイが答えた。「われわれ自身の内側で生じている精神的な問題だから」

「でも、それはパノラマ・スクリーンが伝える光の効果によって引き起こされるの」ハフィラ・マモックが口をはさむ。「そこに見えるものは、これまでのあらゆる経験にひどく反するものばかり。要するに、ありえない。だけど、強烈に迫ってきて、現実のように思わせるのよ」

「それは現実です」ヴィールス船は主張した。「われわれはプシオン・ネットの内部にいます……あなたたちは、まるで四次元時空連続体のなかにいるかのように、プシオン・ネットからこの宇宙を見ているのです。現実に忠実な宇宙を」

「現実に忠実な？」ハフィラが疑うようにおうむがえしした。「でも、ブラックホールが目に見えないのは知っているわ。さっきのようにブラックホールがむらさき色に輝く奈落に見えたとしても、それが現実に忠実なわけがないでしょう。きっと、ゆがみの作用で引き起こされた目の錯覚ね」

「それは間違いです！」と、ヴィールス船。「いわゆる通常空間で作用するゆがみの作用は、プシオン・ネットでは、ひろくのばされて滑らかにされます。パノラマ・スクリーンは現実をうつしているのです。それでもあなたたちがまったくその現実を見られないとしたら、それは、あなたたちの脳が客観的イメージを主観的に歪曲させているせいです」

「われわれが自分たちをひどくちいさく感じているのを見て、気分がいいんだろう！」オロスが不機嫌そうにうなる。「せめて、われわれが世界を客観的にとらえられるような幻を見せてくれないか？」

かれはあきらめたように手を振った。

「いや、この話は忘れてくれ！　いまは冗長な学術的説明は不要だ。それより実際的な手助けがほしい。ハフィラとわたしは精神的に追いつめられている。われわれ、パノラマ・スクリーンが見せる映像に耐えられない」

ほとんどすぐにパノラマ・スクリーンが暗くなった。

「これで気分はよくなりましたか？」船がたずねる。

「いいえ！」ハフィラがいった。「わたしたち、まわりのようすを見たいのよ」

「ですが、それに耐えられなければ……」船が反論する。

「ほかに方法はないの？」ハフィラがいった。「たとえば、べつのプシオン・ネットに切り替えるとか」

「無理です」と、船。「原則的になにも変わらないでしょう。しかし、いわゆる通常空間にもどるのはどうでしょうか。そうすれば回復するかもしれません」

「悪くないかもしれないわね」ハフィラがいった。

「で、どうやってエデンⅡを発見するのだ?」オロスが興奮したようにいう。「光速以下で〝それ〟の力の集合体をぶらつくくらいなら、家にいたほうがいいだろう」

「速度をあげればエデンⅡが早く見つかるというものではありません」船が説明した。

「違うの?」ハフィラは探るようにたずねた。「それならどうやってエデンⅡを見つけるの?」

船が答えなかったので、女エルトルス人は怒ったようにこぶしで可変シートの肘かけをたたいた。

「この質問をすると、いつもだんまりになるのね!」彼女は文句をいった。「やる気になれば、きっと答えられるはずよ。ヴィールス・インペリウムは全知で……あなたはその一部から生まれたのだから」

「一部といっても、破滅のさいに暗黒エレメントがヴィールス・インペリウムの主要な部分を引き裂いたので、その貧弱な残骸にすぎません」ヴィールス船が訂正する。「ほとんどの情報は当時、失われました」

「そうよね！」ハフィラは認めた。「それでも、言葉にしているよりもずっと多くのことを知っているはずよ」

オロスが重いため息をついた。

「興奮してもしかたない、ハフィラ。船の提案を受け入れ、しばらく通常空間にもどろう」

「気にいらないわ」ハフィラが低くいう。「でも、わかった。さ、船。わたしたちを通常空間にもどして！」

「了解しました」船は応じた。

＊

「探知！」通常空間にもどると、すぐにヴィールス船《リュルリュビュル》がいった。声は女ブルー族のさえずりに調整されている。「ハイパーエネルギーのインパルス群です」

「警報！」ヴィーロ宙航士のイ＝ステュリュクスがさえずるようにいう。「陰険な青い被造物がこの星系を、われわれに向けた罠に変えた！　戦闘準備完了！」

「ようやくか！」相棒のオ＝ビュリュクスが歓声をあげた。イ＝ステュリュクスがことあるごとに主張する、かれの気質があらわれている。「エネルプシ・バリア展開！　砲撃用の構造亀裂を開け！」

「防衛処置をとる理由はありません」《リュルリュビュル》は反論した。「このハイパーエネルギーのインパルス群はとても弱く、われわれが通常空間にもどったさいにそばにあった、きわめて明るい恒星の向こう側から発しています。おそらく、比較的ちいさい予備発信機の作動かなにかでしょう」

「おそらくだって！」イ＝ステュリュクスがもう一度いい、二対の目で前後の展望スクリーンを見つめた。「しかし、確信はないわけだな。そういう場合、つねに慎重になるもの。それはわかっているべきだ、船よ。きみをリュルリュビュルと名づけたのは、理由があってのこと。〝慎重な鳥〟という意味なんだぞ」

「ブルー族の気質はわかっています」船が応じる。「だからこそ、比較的ちいさい予備発信機だという推測を話したのです。なぜなら、送信出力は三ワットにも達していないからです」

「三ワットだと！」オ＝ビュリュクスはくりかえし、ぶあつい唇を動かして音をたてた。「ムウルト・ミミズ一匹をシチューにするのにもたりないぞ。状況を考えると、インパルス群の発信源に向かって飛んでみるべきだろう。いいか、イ＝ステュリュクス？」

「わかった」相棒は答えた。

「では《リュルリュビュル》、全体放送の用意を！」オ＝ビュリュクスが指示した。

船はしたがった。乗員の指示に進んでしたがうようになっているからだ。一定の制限はあるのだが、それは通常は有効にならない。

司令室のブルー族二名は、当直勤務で船の指揮をまかされていた。そのまわりで、ホログラム映像が次々に生じる。《リュルリュビュル》船内にいるほかのヴィーロ宙航士二百二十名が、色つきの三次元映像であらわれた。ほとんどの者は船に三つある余暇セクターにいた。ちいさいグループに分かれ、故郷を思わせる木々のあいだや、クリスタルのように澄んだ池の周囲で、腰をおろしたり寝そべったりしながら、たわいない話を熱っぽくかわしている。

いつもこういう状態というわけではないが、一日のメインの食事時間が目前だったのだ。社交的なブルー族は、集まって食事をする。食後はそれぞれ解散し、休憩やほかのひまつぶしをはじめるのだった。

「諸君、傾聴を！」オ＝ビュリュクスが呼びかける。「みんな、聞いてほしい！　われわれの船が、通常空間にもどったときにそばにあった青色恒星の向こうに、ハイパーエネルギー・インパルス群を計測した。おそらく小型の予備送信機だろう。というのも、わずか三ワットしか発していないのだ。それにコースをとり、そこにあるものを調べよう。心配する必要はないが、それでも、いつでも行動できるようにしていてほしい。陰険な青い被造物がどんな陰謀計画をたてているか、だれもわからないからだ。以上！」

しばらく、かれはあふれかえるおしゃべりのさまざまな音に耳をすましていたが、やがて船に全体放送をとめるようにいった。

「エネルプシ航行に切り替えて、発信源に到着するまでの時間を短縮しましょうか？」《リュルリュビュル》がいった。

「グリーンの砂の被造物にかけて！」オ＝ビュリュクスが言葉をもらした。「そんなことをしたら食事と、そのあとの消化のための睡眠を楽しめなくなってしまう！　だめだ、通常空間にとどまろう！　きみもきっとわたしと同様に、エデンIIが数時間で見つかるはずはないと思っているだろう、どうだ？」

「ええ」と、ヴィールス船。「どうぞ食事をお楽しみください！」

「どうも！」オ＝ビュリュクスは応じ、目を閉じて、自分とパートナーを待ち受ける豪華な食事を思い描いて楽しんだ。

ともかく、豪華な食事だろうとかれは推測していた。この点で、これまで失望させられたことはない。ヴィールス船は完璧に操縦をこなすだけでなく、調理の技術も抜群だった。伝説の《ユィルミュ・ヴァンタジイ》の伝説的な料理長、ラ＝グーファングよりうまいという乗員もいた。

しかし、それはありえないだろう。

ヴィールス集合体の調理の腕は、ブルー族の料理長にかなり肉薄しているとはいえ、それと同等か、あるいはそれをこえるということはけっしてない。

ただし《リュルリュビュル》には、ラ＝グーファングの腕に匹敵するようなブルー族がいなかった。この状況下では、ヴィールス船はとくにすぐれた選択肢となる。

＊

「難破船のようです」《ブラディ・マリー》は司令室の乗員に伝えた。「危険は感じられません」

「きみはそういうが」シャストル・ドルモンがいい、司令室の中央に浮かぶ円盤船のホログラム映像を疑り深く眺めた。圧縮フィールドハンマーで成型されたようなかたちだ。「どうして、あれが罠ではないとわかるというのか？　きみとくらべて、あれはひどく巨大だ」

友のクミン・ザロウもうなずいた。

ホログラムのわきにうつしだされたデータから、この宇宙船の残骸がいかに大きいかがわかる。円盤は直径が五千三百七十メートル、縁の厚みは百四十九メートルあった。それに対して球型船《ブラディ・マリー》は、上極から下極まで二百メートルしかない。

「われわれはいったい、なんだ？」クィリン・シールドが口をはさみ、友ふたりを意味深長に見つめた。

シャストル・ドルモンとクミン・ザロウが警告するような視線を向けてくる。クィリンがヴィールス船に、星間航行をしている本当の理由をもらすのではないかと、ふたりは恐れているようだ。表向きにはかれらはプロスペクターと商人だが、テラを捨てるだけでなく、古い惑星にしみついているあらゆる〝窮屈な〟道徳概念も捨て去ることをひそかに決意していた。戦いを通じて恐喝し、略奪し、恐怖を拡散するつもりでいるのだ。しかし、それについて船に知られてはならない。知られれば、船は従順な態度をやめてしまうだろう。似たような動機をいだくほかの船やヴィーロ宙航士グループの例で知られているように。

そのため、かれらはヴィールス船内ではけっして〝星間戦闘人〟であることを……つまり、自分たちをそう思っていることを……口にしないと、たがいにとりきめていた。

「われわれは星間宙航士だ、ほかになんだというのだ！」クミンがクィリンの問いかけに答えた。「だが、もちろん恐れていては冒険を味わえないのはわかっている。だから、われわれ、あの難破船に乗りこみ、調査するべきだろう」

「わかった」シャストルがいった。「《ブラディ・マリー》、われわれがやっかいな問題で困らないようにあらゆる処置を施し、最大限に注意して難破船にドッキングしてくれ」

かれはふたたび、ともに司令室にいる仲間ふたりのほうを向いた。

「われわれ、ミタルとナコシュとコンゼルにこの船をまかせて、弟子たちとともにあの難破船に乗りこんではどうだろうか……もちろん、それなりの装備をして」

クミンとクィリンはうなずいた。

シャストル・ドルモンは、ミタル・ボヴィス、ナコシュ・ランジー、コンゼル・チプレーンのほか、〝弟子〟の三グループにインターカムを接続するように指示をしながら、ひそかに笑みを浮かべた。

すべてがはじまったときのことを思いだしたのだ。

かれにいわせれば、力の集合体エスタルトゥからきた、ストーカーという名の異知性体の出現こそが、すべての端緒《たんしょ》だった。ストーカーが話してメディアでひろまった内容に感情をかきみだされ、激情をあおられたのだ。そういった感情を人類はすでに失ったと思われていたが、錯覚だった。それらは文明の陰でくすぶっていただけ。強い風のひと吹きで、燠火《おきび》はまた燃え盛る炎になったのだった。

人類はおとなしいヒツジの群れではない。

ささやかな平和のなかでまどろみ、自然と超越知性体の高みにまで行けるのを望むことに、生きる意味はないのだ。

そう、生きる意味は戦いと能力の証明にある。それはひと言でいえば、英雄的行為だ。すくなくとも、男とはそういうもの。対して女は、英雄にとって理想的な伴侶《はんりょ》となり、かれに仕え、かれの子供を……とくに息子を……産むことに夢の実現を見いだす。つねに男たちに、より偉大な英雄的行為をすればするほど多くの尊敬を得られるという感覚を持たせることだ。

ミタル、ナコシュ、コンゼルが司令室に駆けこんできて、状況についてのかんたんな説明を聞き、船を引き受けた。シャストルは友ふたりとともに搭載艇エアロックの控え室に向かい、誇りで胸をふくらませていた。そこでは弟子二十名ずつの三グループがすでに待機して、〝教官たち〟とともに難破船に乗りうつるための準備をしている。やがて自分たちは全員、世間の話題をさらい、輝かしい英雄になるのだ。人類をふたたび真の価値へと導いた者として。

そうなれば、ヴィールス船もあらたな時代に逆らえなくなるだろう……

＊

「下に町があるの？」リルダ・コンタルは、ヴィールス船《オーキッド》が惑星の観察結果の報告を終えると、船のほうを向いて訊いた。

「はい。ですが比較的、未開の居住地です」《オーキッド》は答えた。「文明の発展段階は、テラの二十世紀なかば過ぎにあたります」

「それはいいわ！」ヴェイリー・ブロンがいった。「だったらここの生物は、すこしばかり道徳的かつ倫理的な教えを必要としているかもしれない。下にいって、住民と接触してみない？」

「それは危険がないとはいいきれません」ヴィールス船は警告した。「ここの文明のに、ない手は、つねに暴力的なようです。空気も水も大地も汚染されている状況から、そう読みとりました。このような規模の汚染に耐えて、利益をもとめるという欲求を満たそうとするのは、自分本位で生来的に暴力を好む有機生物だけです」

「有機生物？」タラ・メファノフがおうむがえしにいった。「でも、かれらが町を建設したのなら、知性があるはずで、ただの有機生物とはいえないでしょう」

「町の建設に知性は必要ありません」《オーキッド》がいう。「しかし、この惑星を支配する生命形態が知性を持つ前段階にあることは認めましょう。いずれ理性が発達する、かもしれませんが、その前に自滅しなければの話です。この段階にいる有機生物を教育すれば、かれらから攻撃性を奪い、学ぶ意欲を育むことになるかもしれませんが」

「それは、わたしたちが考慮しなくては！」リルダ・コンタルは決断した。「わたしたちが〝宇宙平和のための運動〟という組織を女だけで設立したのには、理由がないわけではないのよ。平和による支配という要素は、生まれつき女のなかに組み入れられている。それをようやく本来の目的に用いるべきときだわ。わたしたちが有能だという理由を宇宙のほかの者に証明してみせましょう！」

ヴェイリー・ブロンとタラ・メファノフが賛成すると、ヴィールス船は抵抗をあきらめ、平和の使者がひそかに惑星に降下するためのあらゆることを準備した。

この作戦に参加したのは、リルダ、ヴェイリー、タラだけではない。ほかに九十名の若い女が惑星に着陸した。惑星住民はヒューマノイドだったので、数名は平和の使者の外見を化粧で修正し、住民に似たものにするのを楽しんだ。すべてはまずヴィールス船のサーヴォ設備で処理された。

五日間の準備期間をへて、リルダ、ヴェイリー、タラはお気にいりの者を連れて出発し、船内には見張りとして女三名だけがのこった。

その三名はコシラ・ズルン、ワナビー・フカウォン、フルラ・マッキントッシュといい、組織の共同設立者たちだ。《オーキッド》がこの惑星を発見して、平和の使者がまさにきびしい試練を乗りこえようとするときに、自分たちが司令室で見張りをしているという運命に、不満をいだいていた。

リルダ・コンタルは網膜記録装置の溝にもう一度顔を押しつけると、《オーキッド》の移動式サーヴォ二台のもとをはなれ、着陸カプセルに乗りこんだ。それは半透明のしずく形構造物で、サイズはテラのヴィジフォン室ほどだ。

スタートして下降しても、彼女はなにも感じなかった。ただ三つの展望スクリーンで、周囲が急激に変わっていくのが見えるだけだ。ヴィールス船の発射チューブ内にまだいたら、次の瞬間、明るい恒星の光のなかに白い雲がひろがり、その隙間からいくつかの穴が青く輝くのが見えただろう。

この穴のひとつに、彼女は息もできないほどの速度で向かっていた……

＊

「通常空間にもどった」タンゴ・カヴァレットは、間接観測装置の色鮮やかな光を集中して見ながらいった。これにより、《ナゲリア》船内の最重要事項についての必要な情報がすべてわかる……ただしそれは、かれが相応の訓練を受けているからだが。「われわれがひそかに忍びこんでいることを〝隣人たち〟は気づいているだろうか？」

タスナイト・レヴェルがいった。

「想像もできないわ」オリガ・サンフロが答える。タンゴ・カヴァレットの婚約者だ。「ヴィールス船の口が軽かったら、話はべつだけどね」タスナイトと婚約しているデシ・カラメルが口をはさむ。

「《ナゲリア》はゲームのルールを守ると思う」タンゴがいう。「結局、船はわれわれの計画を了承して、緊急の場合にわれわれがだいじな隣人を守るために待機するのはいいことだとも認めたのだ」

「それははっきりしているわ」オリガがいう。「それよりも、なにか意味のある探知があったかどうか、教えて、タンゴ！」

「ああ、わたしもそれを考えていた」タンゴ・カヴァレットはそういって、さらに間接観測に集中した。「船が小惑星を探知した。おかしなことに、純金製のように見える。だが、そんなものはないだろう」

「実際、そんなものがあるわけはない」タスナイトが訂正する。「隣人たちのために手配されたというなら、話はべつだが。エルトルス人はきわめて強欲《ごうよく》だということで知られている。純金製の小惑星のそばをただ通過して飛び去ることなど、けっしてない」

「《ナゲリア》は小惑星に向けてコースをとっている」タンゴはつづけていった。「おや！　ウマン・ゾカフとストラ・カナリが司令室に入ってきた。つまり、オロス・カラカイとハフィラ・マモックはこの二名と交代して、小惑星の調査のために下船することを望んでいるのだろう」

「では、わたしたちもだれか降りないと」オリガが熱心にいった。「たとえば、あなたとわたしとか」

「だめだ」と、タンゴ。「発見される危険が大きすぎるだろう。そんな危険なことは、本当に緊急の場合にしかできない。そういうとりきめだ」

かれは、ナゲリアの都市森林の〝ボトル樹〟のなかにある見はなされた駅に、ほかの伝統主義者三十四名と集まったときのことを考えていた。あれは、伝統主義者の組織が

〝隣人〟……ツァルテルテペの植民地シガ星人はその地のエルトルス人をたいていこう呼ぶ……の計画を知ったときのこと。その計画とは、太陽系に小グループを派遣し、ヴィールス船を組織して、船とともに〝それ〟の力の集合体の精神的中枢を探すというものだった。

徹底的な議論のすえ、伝統主義者たちの意見は一致した。そのヴィールス船に予定されている乗員と数的に同じ一グループを、エルトルス人に〝押しつける〟ことにしたのだ。惑星ツァルテルテペのエルトルス人植民地内にシガ星人がいることを秘密にしていたという、かつての慣習に合わせて。

そうした時代はすでに過去のものとなっていた。なぜなら、シガ星人の秘密入植地は最終的に知られることになり、それ以来、エルトルス人植民地とは秘密めかすこともない親密な関係が継続しているからだ。しかし、タンゴと仲間三名の親世代の話では、シガ星人がかくれ住んでいた時代の記憶は忘れられることなくのこっていて、それどころか賞讃されてきたという。

いつか、秘密入植地でのような冒険をしたい！　それが若者たちの最高の憧れとして、伝統主義者の組織のなかでまとまったのだ。かれらは夢の実現の機会をうかがっていた。

ヴィールス・インペリウムの残骸がヴィールス船に変身し、その船をうまく入手してエデンIIの捜索に出発しようというエルトルス人四名が太陽系に派遣されたことは、伝統主義者にとり、逃してはならない機会だった。

そして最終的に、タンゴ・カヴァレット、オリガ・サンフロ、タスナイト・レヴェル、デシ・カラメルが当たりくじを引くことになった。

四人の幸福はいいあらわせないものだった。

すでに《ナゲリア》に秘密基地を築き、そこで二日半をすごしている。かれらは楽天的で、エデンIIを発見できると……つまり、隣人がエデンIIを見つけるだろうと……信じていた。ただし、自分たちが協力してこそだ。

その後、かれらは自分たちを世に知らしめ、英雄として讃《たた》えてもらうつもりだった。

「父がわれわれの天才的な行動を知ったら、青ざめるだろうな」タンゴはささやいた。

「父も昔の時代には傑出していたが、われわれがなしとげることとは、くらべものにならないだろう」

「わたしたち、隣人が叫び声をあげるまで、くすぐってやりましょう！」オリガがいくらか下品な調子でいった。社会でどうにか受け入れられるレベルだ。

デシ・カラメルとタスナイト・レヴェルはちいさく笑った。

「デンジャーにかけて！」タスナイトはいい、失礼なしゃっくりをしてダークグリーンになった。「ちょっとした冗談だろう！」

3

ペリー・ローダンは、ジェフリー・アベル・ワリンジャーがウェイロン・ジャヴィアやレス・ツェロンとかわす議論に集中していた。テーマは、エデンIIのポジションに関する〝それ〟の暗示の、真の意味について。そのため、ささやき声にようやく気づいたときには、すでに声は沈黙していた。

シートでからだを起こし、緊張して注意を向ける。ささやき声がなにか重要なことを伝えようとしていたという印象を感じたためだった……はっきりした理由があるというわけではなかったのだが。

しかし、声はそのまま黙っている。

不死者はむっとして眉間《みけん》にしわをよせた。ささやきかけた者は、いまは自身に注意が向けられている状況をわかっているはずだ。もう一度くりかえすのをこちらが待っていることも知っているだろう。さらに、ローダンのほうは科学者三名の議論をじゃましたくないので、声に出して問いかえせないということも考えてもらいたい。なぜ、みずから進んでくりかえさないのだろうか？

目のはしで、左からグッキーがよちよち歩いてくるのをとらえた。ネズミ＝ビーバーはなにかに気づいたにちがいない。かれは目がきくだけでなく、耳もいいから。

ローダンは、左手でかんたんに合図して、しずかにしているようにたのんだ。グッキーは立ちどまると、問いかけるように見つめかえしてくる。ローダンはしずかに立ちあがり、コンソールがあるポデストからおりた。

「だれかがわたしになにか話しかけたのだ」かれはグッキーの耳もとでささやいた。

「だが、内容はわからなかった」

「ここはなにかおかしい」ささやき声が響いた。

「そう、これだ！」ローダンは思わず大声を出した。イルトがおもむろに一本牙《きば》を思いきりむきだす。「ハミラーか！」

「ペリー？」ワリンジャーがたずねるように声をかけた。

「すまない、じゃましたな、ジェフリー」ローダンは申しわけなさそうにいった。「ハミラーがなにかささやきかけてきたのだ。つづけてくれ！」

このとき甲高《かんだか》い音が響きわたり、ウェイロン・ジャヴィアはコンソールの上に身を乗りだした。

「この議論はつづけられないようです」レス・ツェロンがいった。「だから、話してください、ペリー！　ポジトロニクスはなんとささやいたのですか？」

「ここはなにかおかしいと、いっていた」ローダンは答え、声を張りあげた。「もっと説明できるのではないか、ハミラー。なにがおかしいのだ？」

「船内転送接続が故障しています」ジャヴィアがいって、コンソールの前でふたたびからだを起こした。

「ほかにもあります、みなさまがた」と、ポジトロニクスがいった。その気どった口調でハミラー・チューブだとわかる。「はじまりは、ハッチの調整ができなくなったことと、超光速ファクターの微小な揺れでした」

「超光速ファクターの揺れだと？」ジャヴィアが驚く。「わたしのコンソールにはなんの表示もなかったが」

「わたしが阻止したからです」ポジトロニクスがいう。「議論をじゃましたくなかったので。それに、その揺れはきわめてちいさいため、メタグラヴの機能障害が原因ではありえません」

「だったら、なにが原因だ？」と、ワリンジャー。

「それはまだ説明できません」ポジトロニクスが答える。

「では、なぜわたしにささやいてきたのだ？」ペリー・ローダンがたずねた。

「自分でもわかりません、サー」と、ポジトロニクス。

「なんと、ばかげている！」ワリンジャーが大声でいった。「ポジトロニクスが、自分がなにかをしたかしなかったか、わからないというのか！」

「これこそ、ハミラーの脳がブリキ箱におさめられている証拠かもしれません」ウェイロン・ジャヴィアが口をはさむ。《バジス》の船長は、ハミラー・チューブと従来の方法で会話できるコミュニケーション装置のスクリーンを見つめた。装置を使わずとも、ずっと洗練された精巧な方法で話せることはわかっているのだが、これまでもそうやって会話してきた。「ペイン、箱にかくれているなら、そろそろ白状するのだ！　わたしもふくめて数百万名のテラナーが、秘密が解き明かされるのを待っている」

「そのまま待っていただくしかないですね、サー」ポジトロニクスがいう。「あなたがたもすべてを明かしているわけではありません。ともかく、この話題を掘りさげようとしてもむだです」

「ま、いい！」ジャヴィアは折れた。「だが、いつか、うっかり口をすべらせるようにさせてやるぞ」

ローダンはいたずらっぽく笑みを浮かべたが、すぐにまた真剣な顔になった。

「その超光速ファクターの微小な揺れには、メタグラヴの機能障害のほかにどんな原因が考えられるだろうか？」かれはワリンジャーのほうを向いた。

「外部の影響ですね」宇宙ハンザの科学部チーフが答えた。「ですが、それならハミラーに特定できたでしょうし……そもそも、われわれにかくしておく理由がありません。船内転送接続の故障とは、じつにおちつきませんね」

「あらゆることから総じて不安がかきたてられる」ローダンがいった。「だがもっとも気になるのは、《バジス》のあらゆる機能にセンサーがあるのに、ハミラーがまったく原因を突きとめられないことだ。どうしてそんなことになっている、ハミラー？」

「わたしはその質問に答えられる立場にないのです、サー」ポジトロニクスが答える。

「推測でもかまわなければ、話はべつですが」

「話してみてくれ！」ローダンがうながした。

「破壊工作です」ポジトロニクスがいった。「だれか、天才的なハイパー物理学者かポジトロン専門家が狙いを定めて破壊工作をしくみ、徹底的に時間をかけて準備したのです。さもなければ、わたしのセンサーをくぐりぬけることなど不可能です」

「だけど、だれなのさ、その悪党は？」グッキーが憤慨してきんきら声をあげた。

「すでに述べたように、これは推測にすぎません」と、ポジトロニクス。「推測についてさらに推測を重ねようとすれば、まさにSF小説のようになるでしょう。おわかりですよね、ミスタ・グック？」

「ミスタ・グックだってさ！」イルトは怒った。「どこかに飛ばしてやりたいよ、おんぼろのブリキ箱め」

「それは無理です、残念ですが」と、ハミラー・チューブ。

「こっちもだ」グッキーがいう。「だけど、楽しくもないだろうな。人間だったら、どこかに飛ばしたら、せめて大げさにころんだりする。でも、四角いブリキ箱になにができるっていうんだい！」

ローダンは淡々とした笑みを浮かべ、いった。

「こちらも残念だが、きみたちの口論のじゃまをしなくてはならない。だが、この奇妙な事件を徹底的に追求する必要があると思うのでね。われわれは《バジス》で散歩しているのではない。エデンIIを探そうとしているのだ。最後のクロノフォシルを活性化させ、フロストルービンの封印を決定的に解除するために……」

その言葉は最後になるにつれ、しだいにちいさくなる。かれ自身、自分の声がほとんど聞こえていなかった。三カ月前に〝それ〟から見せられ、記憶のなかに保管されていた〝ヴィジョン〟へと、意識が切り替わったからだ。

その記憶がすみずみまでかれの精神を満たす。

そこには、金色の恒星のように光り輝く山があった……その隣りでは、ほかのあらゆる山々が色あせるほど。山の麓《ふもと》には巨大な峡谷が口を開けていて、純粋な光でできた無数の橋がかかっている。

峡谷の縁に要塞があった。輝くエネルギーでできた巨大な物体で、圧倒的な大きさだが、それでも黄金の山にくらべると砂粒のようなものだ。要塞と山をつなぐ光の橋のひとつを、ふたりの男がこえていく。

それを見た者は全員、ふたりがだれだかわかった。アトランとジェン・サリクだ。ふたりは走り、飛んでいる。いろいろな部分がセランを思わせるが、それでもそれとは違う防護服を着用している。風のようにふたりは飛び、世界の縁の底なしの穴をこえ、光の橋をこえ、星のない空に高くそびえる黄金の山に向かっていく。

そのとき、男ふたりの顔が蒼白になり、命の危険に脅かされる人間だけが感じるような絶望にゆがんだ。

つづいてふたりは目眩《めまい》がするような高さから、口を開ける峡谷に墜落し、光の橋のわきを通りすぎ、虚無のなかへ消えた……翼をもがれて永遠の断罪を宣告された堕天使のように。

墜落するあいだ、ふたりの顔がグレイになった。目の光は消え、肉体から生命が失せ……死のなかでふたりはさらに落下しつづける。深淵の黒い穴が、ふたりの命絶えた残骸を永久にのみこむ。

ヴィジョンが消えた。

ペリー・ローダンは、アトランとサリクの朽ちたからだが、墓穴のような峡谷からふたたびのぼってきたような気がしていた。言葉で表現できない精神的な苦痛にむしばまれる。深淵にもぐっていき、友の運命を分かちあいたいという、非合理的な希望がいまにも大きくふくらみかける。

しかし、死を焦《こ》がれるこの気持ちと戦い……どうにか打ち勝った。

〝復活する〟あいだ、かれは自身で設定した目標を思いだしていた。それが唯一の目標というわけではないが……かれはすでに無数の目標を追ってきて、その多くを達成したし、暴力的作用によって相対的な不死が終わったりしなければ、これからも目標を追いかけ、おそらく達成していくだろうから……しかし、それは目下の目標だった。

つまり、エデンⅡの正確な座標データを得ることだ。

人がそれを探すところにエデンⅡは存在すると〝それ〟は説明したが、この説明がなんの役にたつのだろうか？　エデンⅡのポジションが、〝それ〟の力の集合体の精神的中枢と一致することがわかったところで、なんの意味がある？　結局、すべての道はエデンⅡにつづくと知ったからといって、なにがどうなるのだろうか？

まったく無意味だ。

あるいは旧暦元年のころ、南の海に浮かぶ島の住民が〝すべての道はローマに通じる〟と知ったのと同程度の意味はあるのだろうか。

この理由からペリー・ローダンは《バジス》を、テラから三万五千光年、アルコンから二万二千七百光年の距離に位置する球状星団M‐3、すなわちNGC5272に向けた。

というのも、M－3の中心近くには五惑星施設の新モラガン・ポルドがあるためだ。NGZ四二六年三月、ポルレイターの生きのこり二千九名がそこに撤退した。

それは三年前のこと。このあいだ、深淵の騎士の先駆者たちとの接触はなかった。だが、かれらが新モラガン・ポルドに撤退する前に、銀河系種族とのあいだで同盟が結ばれている。

この同盟のおもなポイントは、必要が生じた場合、深淵の騎士はポルレイターの知識に手をつけてもいいというものだ。

ローダンはひとえに、この知識のなかに〝それ〟の力の集合体の精神的中枢のポジションもふくまれていることを願っていた……ごくかすかな暗示だけだとしても。かれの状況では、まさに藁《わら》をもつかまなくてはならないのだ。

こうした思考が頭を駆けぬけたあと、ようやくかれは〝現時点〟にもどった……精神的に強くなり自信が生まれ、待ちきれない気持ちになっているのを感じた。

それにともなって、なにかをもとめるように、ウェイロン・ジャヴィア、レス・ツェロン、ジェフリー・ワリンジャー、グッキーの面々を見つめた。

しかし、そのとき、かれらの表情に見えたものに驚いた。なにか運命を左右するような、おぼろげな予感が引き起こされる。

「なにがあったのだ？」抑揚のない調子でたずねた。

ようやく、さっきまでいた者たちにべつの者がひとりくわわったのに気づく。いくらかうしろの位置に、《バジス》の船医ハース・テン・ヴァルがいた。

「ゲシールですが、ペリー、四分前に深い意識不明状態におちいりました」アラスが同情をこめていった。本能的な反応をはねつけるように両手をあげて「いいえ、生命の危険はありません。胎児もです。、ふたたび目ざめさせることができないのです」

不死者は氷のように冷たい恐怖につつまれた。

だが、それをだれにも気づかせることなく、こういう。

「彼女のところに行く！　ジェフリー、あとのことはたのむ！」

＊

「ゲシール！」ペリー・ローダンはささやいた。

妻が寝ている医療ベッドにおそるおそる近づく。彼女は明るい色のマルチ機能毛布を頸までかけられていた。ほとんど不可視のコンタクトプレートが多数の高性能センサーに接続され、ベッドのポジトロニクスによって完全な監視下にあることを保証している。一台のモニターに身体的計測データの数値がしめされていた。

「脈は遅く、呼吸はいくらか速くなっています」ハース・テン・ヴァルが説明した。

「緊急の場合はポジトロニクスがすぐに介入しますが、それまでは必要ありません」

ローダンはとほうにくれてゲシールの蒼白な顔を見やった。目は閉じていて、眠っているようだ。しかし、通常よりも呼吸が速いのがわかる。彼女をよく知るかれが、この違いを聞きもらしたり、見逃したりすることはない。

かれはそっと妻の額に手を置いた。

肌はいつもよりひんやりしていたが、冷たくはなく……湿ってもいなかった。

「昏睡状態なのか？」医師のほうを向いてたずねる。

アラスはかぶりを振った。

「病気の兆候がなく、そのように断言できません。実際、この意識不明は説明がつかないのです。器官の損傷でも、代謝の問題でもないので」

「脱力発作だろうか？　ともかく、妻は身重なのだから」ローダンは推測を口にした。ただし、見た目ではわからないと、心のなかで思う。やっと三カ月なのだ。

「わたしもはじめはそう思いました」テン・ヴァルが答える。「しかし、診断では、からだはきわめて良好な状態です。妊娠のせいでもありません。子供の発育は順調で、異常はまったく認められません。問題点がさっぱり見あたらないのです」

「ゲシールに意識がないこと以外はな」ローダンは腹だたしさをなんとか押し殺しながらいった。「で、手の打ちようがないのか？」

「いえ、そんなことはありません！」と、テン・ヴァル。「彼女の状態が悪くなるようであれば、われわれがなんとかします。ここにはさまざまな薬や治療法がありますから。しかし、すべては胎児になんらかの作用がある器官にかかわるため、必要な医療として考えられる場合にしか実行できません。そして目下、進めるきっかけがないのです」

ローダンは感情をおさえ、咳ばらいした。

「わかった、ドク。不機嫌になってしまい、すまない。もちろん、きみの医療を完全に信頼している」

アラスは理解をしめして微笑した。

「しかし、なにしろあなたの奥方と……お子さんです。よくわかります、ペリー。わたしがあなたの立場でも、同じでしょう。こういった場合、なにかすべきだと思うもの。ですが、それは逆なのです。自然の力でなんとかなるようであれば、医学的な治療をするよりずっといい。われわれ、すべてコントロールできています。おそらく、ゲシールはすぐに失神状態から目をさますでしょう。もちろん、われわれはさらに原因の特定にはげみますが、肉体的なものでないとすると……」

かれはいろいろな意味をこめて肩をすくめた。

ペリー・ローダンは理解した。知性体の意識というものは、この時代においても、あらゆる科学的概念に反するような謎におおわれている。

黙ったまま医師と握手すると、ローダンは病室を出ていった。《バジス》のきわめて現代的で巨大な船内クリニックの無数の通廊のひとつで、かれは壁にもたれた。深みに落ちそうな感覚をおぼえたのだ。

妻と子供の生命については真剣に危機感をいだくことはない。船医のハース・テン・ヴァルやほかの医師たちの腕は信頼している。しかし、ゲシールが明白な理由もなく失神状態におちいったという事実に、かれは軽いショックを感じていた。人間にはまったく太刀《たち》打ちできないことがあるという、よく知られた事実を思いだしたからだ。

医療ロボットが通廊を浮遊してきて、かれの前でとまり、注意を引くように甲高い音をたてた。ローダンが目を向けると、

「医療的な介助が必要ですか？」と、調整された声でロボットがたずねる。

「いや」テラナーは答え、反動をつけて壁から背中をはなした。「わたしは大丈夫だ」

「おじゃましたことをお許しください」ロボットはそういうと、また浮遊していった。

ローダンもまた歩きはじめ、十分後、出入口についた。そこにあった転送機のそばを通りすぎようとしたとき、ゴングの音が軽く響いた。

ローダンは立ちどまった。

「ハミラーか？」

「ご明察です、サー」船内ポジトロニクスが同時にあちこちから答えた。「お伝えした

いことがありましたので。船内転送機能が復活しました……しかも、完璧に。そこから司令室まで転送接続を使えます。事故の心配はありません」

「そうか！　百パーセントの安全を保証するのだな、ハミラー？」

「もちろんです、サー」

「だが、故障の前にもきみはそういったはず」ローダンが反論する。「なのに、おかしくなったわけだ」

「不確実な要素というのは、つねにあります」ハミラー・チューブは説明した。「それについてはコスモクラートでさえ、まぬがれられません」

「当然のこと」ローダンは皮肉をこめて応じた。「わたしも赤いゼリーをのみこんで、窒息するかもしれないからな。だから、いっさい食べないのだ。もちろん、きみを信頼できるとわかっている、ハミラー。それでも輸送カプセルを使うよ。カプセルにわたしを待つように命じていたからな。わたしはジェフリーのところに行きたい。かれはまだ司令室にいるだろうか？」

「いいえ、サー」と、ポジトロニクス。「ワリンジャー教授はセクションACA＝739にいます。お望みでしたら、輸送カプセルをセットしましょうか」

ローダンは、告げられたセクションの意味と状況を考えた。

そこは《バジス》円盤状基部の下極のすぐ上に位置する。新鮮な野菜と装飾用植物の栽培施設があるセクションだ。

よりによってそこにハイパー物理学者がなんの用事があるのか、ローダンには謎だった。しかし、ポジトロニクスにそれについて質問をするのはあきらめる。それでも、そこを調べてみることに決めた。

「では、たのむ！」かれはポジトロニクスの提案を受け入れた。

輸送カプセルはもよりのハッチの向こうで待機していた。ローダンは乗りこみ、光るセンサーの列に軽く手をすべらせて、輸送をはじめるようにカプセルのポジトロニクスに指示した。

カプセルは振動もなく動きだした。網目のように入り組んだ《バジス》の輸送トンネル・ネットのなかで、カプセルはほとんど音速に達し、すぐに速度を落として停止した。ペリー・ローダンはカプセルを降りて、目の前で開いたハッチから出た。ここでなにが待ち受けているか知らなければ、べつの惑星に転送されたと思ったかもしれない。

通廊の壁は透き通っていて……その向こうで、左側には完全ロボット制御の階段状フィールドがひろがり、トマト、キュウリ、レタス、ニンジン、カリフラワーなどの野菜が育てられていた。右側の階段状フィールドには観賞用の花や、ヤシなどの装飾用植物があった。当然、すべての植物がさまざまな生長段階にある。

反射を防ぐ加工をした透明な壁に、ＡＣＡ＝７３９という表示が光っている。空中に浮いているかのようだ。つまりローダンは、めざしていた区域に到達したわけだ。それでもワリンジャーの姿は見えなかった。

アームバンド装置のスイッチを入れて呼びかける。

「ペリーからジェフリーへ！　いまACA＝739にいる。応答たのむ！」

期待をこめた微笑を浮かべてワリンジャーの連絡を待ったが、通信がないまま一分が経過した。ローダンは信じがたい思いで眉間にしわをよせた。ワリンジャーが呼びかけに応えられないなどということはありえないだろう……応えようとしたのをなにかに阻止されている可能性については、ローダンはまったく考えていない。

いらだって、通信をくりかえした。

今回も応答を得られず、さすがに心配になってきた。

「ハミラー？」沈んだ声で呼びかける。

しかし、ポジトロニクスも応えなかった。

まさかの事態だ。船内ポジトロニクスは《バジス》の各機能エレメントにセンサーだけでなく、通信機器も設置している。船のどんなところで呼びかけようとも、ポジトロニクスは聞いているはずだ……さらに視覚的にも見ていて、応答できるはず。

いやな予感がひろがる。

ハミラー・チューブは破壊工作の話をしていた。あくまでも推測としての話だったが、それが正しかったと判明したのだろうか。

どうやら、そうらしい。しかも、破壊工作は広範囲というだけでなく、より壮大な計画にもとづいたもののようだった……《バジス》の弱体化という計画だ。

このような大規模な破壊工作は、主要な乗員たちがくわわらなければ実行できないだろうと、不死者は考えたが……〝主要な〟というのはかならずしも大勢ととらえる必要はなく、少人数でも優秀なグループなら可能なのだが……それでも、そうした者たちが関与しているとは想像したくなかった。しかし一方、かれはこうした〝不可能と思えること〟を、すでにウェイデンバーン主義者たちの反乱で体験していて、可能性を完全に否定することはできなかった。

ショックなことではあったが、《バジス》が新モラガン・ポルドに到達するのを優秀な乗員の一グループが妨害しようとしているという疑念を、避けて通ることはできない。ともかく、この破壊工作は最終的には、すくなくとも人類のさらなる発展にネガティヴな作用をあたえるにちがいないのだ。のみならず、おそらく銀河系全文明の将来にも影響をおよぼすだろう。

ペリー・ローダンはセクションACA＝739の奥に入り、破壊工作をひとりで解決しようと考えたが、すぐに思いなおした。すくなくとも、判明したことをだれにも伝えないまま、未知の危険に飛びこむのは無責任だろう。

アームバンド・テレカムの出力を最大限にして、ウェイロン・ジャヴィアに呼びかける。船長が応えないとしても、《バジス》の全乗員に呼びかけるためだ。

しかし、応答は得られなかった。

大きな不安をおぼえ、ローダンは輸送カプセルにもどり、主司令室に帰ることにした。ところが、カプセルがまったく反応しない。

どうやら、ひとりで対処しなければならないようだ。大きなリスクをとることは避けて通れそうもない。その成果が出るかどうかも、そもそもわからないのに。かれの両肩には恐ろしいほどの責任がかかりそうだった。

しかし、これまで責任に尻ごみしたことはない。

きびしい表情で、ローダンはまたカプセルを降りて、ほんものの植物がひろがる人工的な世界に通じる近くの入口を探した。孤独な男となったかれを、目に見えず、耳にも聞こえない危険が待ちかまえていた……

4

金色の小惑星が《ナゲリア》の船首の前、星のない宇宙空間にあり、まるで百の太陽に照らされているかのように光っていた。

これは恒星がただひとつもない銀河間宙域では不可能な現象だと、オロス・カラカイとハフィラ・マモックも、同僚のウマン・ゾカフとストラ・カナリと同じく知っていた。展望窓からだと、小惑星は黒い幻影のようにすら見えないはず。光り輝く小惑星の映像は、ヴィールス船が計測データを解明することでつくられたものなのだ。

「純金だわ！」ハフィラが大声をあげた。「なにかおかしな方法は使っていないわよね、《ナゲリア》？　実際、純金製の小惑星なんてありえないわ」

「あなたたちをだますなど、考えたこともありません」ヴィールス船は女エルトルス人のアルトの声で答えた。「ただし、この金色の小惑星が自然に生まれたものかどうかは、非常に疑問です。未知の者がつくったのでしょう。まだその目的はわかりませんが」

「じっくり観察したら、なにかヒントを発見できるかもしれない」オロス・カラカイがいらだったようになった。「さ、ぐずぐずせずに進もう、ハフィラ！」

かれの婚約者は同意するようにうなずいた。

彼女とオロスはふたりとも、ヴィールス船から使うようにとわたされた宇宙服を着用している。テラ製品のセランにならってヴィランと呼ばれる防護服だ。ヴィールス素材で、セランの長所をすべてそなえており、さらに軽くあつかいやすく優美でもあった。

ふたりはともに司令室の転送コーナーに向かい、人員用エアロックの転送機で実体にもどった。そこで耐圧ヘルメットを閉めて、船が小惑星にしっかり〝錨《いかり》をおろした〟と伝えるのを待ち、エアロックから外に出た。

浮遊していると、小惑星が本当に輝きはじめた。《ナゲリア》は強力な投光器を金色の塊りに向ける。環境適応人ふたりは、小惑星がさしわたし一・五キロメートルあることを知った。《ナゲリア》はそれにくらべればちいさく見える。このヴィールス船はかなとこ形で、〝角《つの》〟の部分から反対側までの長さは三百メートル、高さはほぼ百五十メートルあるのだが。

金色の小惑星は多面体だった。つまり、数百もの異なるかたちのちいさな面で構成されている。いずれも滑らかで、慎重に磨かれたかのようだ。

「わたしたち、いったい、なにを探しているのかしら？」ハフィラがいった。彼女とオロスは、一辺が八メートルの正三角形の面に着床していた。

「これがどこからきたのか、わかるようなヒントだよ……つまり、これをつくった者の正体だ」オロスが答える。「さらに、この小惑星の位置を特定したい。もっとも、それはウマンとストラの任務だが」

「それはヴィールス船の力を借りれば、半分眠っているあいだに解決できるわね」ハフィラは皮肉をこめていった。「実際、かつては宙航士たちがはたしていたすべての任務を、ヴィールス船が手ぎわよく引き受けてくれるというのは、気分がすこし重くなるわ。結局それは、つまり乗員がよけいだということでしょう」

オロス・カラカイは幅のひろい肩をすくめた。ただし、惑星エルトルス生まれの者は、その肩にはまったく満足できないだろう。エルトルス生まれの肩幅の平均が二・一三メートルであるのにくらべ、かれのはわずか一・七六メートルしかない。しかし、それはエルトルスでの三・四Gよりもちいさい、ツァルテルテペの二・七七Gという重力が長い時間にもたらした結果だった。

「すべてのものごとには代償があるのだ」かれはいった。「しかし、未知の世界の調査に関しては……あるいは、この場合だとエデンⅡの捜索においては……またわれわれのようなほんものの知性体がもとめられる。さらに、船の行き先を定めるのはわれわれだ。船はわれわれの従者にすぎない」

「いつまでも議論していないで、探したほうがいいんじゃないの！」ヘルメット・テレカムでストラ・カナリの声が響き、船内にのこった二名が下船した者の会話を聞いていたことがわかった。

「きみたちはポジションを確認しろ！」オロスは気性も荒くいいかえし、ヘルメット・テレカムの範囲を最小限に絞った。同時に婚約者が、自分も同じようにしたと身ぶりでしめしてきた。

「せめて《ナゲリア》にたしかめてみて！」ハフィラが口をはさむ。

「グリーンの小人にさらわれるといい！」ストラが立腹する。「船はなにも教えてくれないわ。計測機器を貸すから、自力でなんとかしなさいだって」

「ずいぶん時間がたって、はじめて聞いたいいニュースだ」オロスがにやりとする。

「ツァルテルテペにいたら、船にシガの侏儒《しゅじゅ》がひそんでいるぞといっただろうな」と、ウマン。「かれらはまさに、船をそそのかしてそういわせるタイプだろう」

「祖父が聞いたら、大笑いして小惑星をかみくだくぞ！」オロスが息もつかずにいう。

「きみのじいさんだって？」ウマンがばかにしたようにいった。「まったく、いったいだれなんだ！」

「トラムトン・カラカイは当時、ナゲリアの首席サイバネティカーだったの」ハフィラが熱心に説明した。「ツァルテルテペでわたしたちの居住地にグリーンの侏儒が侵入したのをしめす確たる証拠を、最初に発見したのよ。当時、わたしの祖父のルコは民兵指揮官だった。ルコは自分でちびたちの住みかの木を揺すって、かれらを落としたの」

「そんな話、いま、だれが興味を持つというのだ！」ウマンが軽蔑していう。

「われわれだ」オロス・カラカイが応じる。「そうだよな、かわい子ちゃん？」

「そのとおりよ」ハフィラがいう。

「かわい子ちゃんだって！」ストラがわざと声を高めて皮肉にいい、ウマンとともに哄《こう》笑《しょう》した。

「いまに見てろ！」オロスは声をとどろかせると、通信を切った。

婚約者といっしょに、飛翔装置をすこしずつ噴射させながら、面から面へと軽くジャンプしていく。ヴィランの探知装置と自身の目で、小惑星の表面をくまなく探した。具体的になにを探しているのか、よくわかっていなかったのだが。

しかし、努力は報われた。

十五分後、ふたり同時に印を発見したのだ。

その印は、ある正方形の面の上に金色で深く刻まれていて、図式的な絵とシンボルでできていた。

「メッセージだわ」ハフィラ・マモックが感動してささやく。飛翔装置のスイッチを固定モードにすると、しゃがみこみ、右手で図形の左上の角をさししめした。「ほら、これ！　中性水素原子の陽子と電子のスピンの平行から反平行への量子跳躍を、図形で描写したものよ！」

「きみは素粒子物理学者だから、よくわかるにちがいない」オロスはいい、やはりしゃがみこんだ。「だが、この図形にどんな意味がある？」

「水素のこういった量子跳躍には、ある光子の放射がともなうの。その光子の放射は二十一センチメートルの波長と、一・四二ギガヘルツの周波数を持っている」ハフィラが説明した。「つまり、量子跳躍には特定の距離と特定の時間が結びついているということなの。この描写は、わたしたちが本来のメッセージを理解するために必要なふたつの単位をあたえてくれている」

「これがそうだと？」オロスはたずね、放射状の一パターンをさししめした。垂直と水平のラインでバイナリ・コードがいくつかあらわされている。そのようなパターンが合計で三つあった。

「おそらくそうだと思うけど」ハフィラはそういってためらい、右側の上下に彫りこまれた、図式的なふたつの絵を見つめた。中央の放射状パターンからそこに向かって矢印が描かれている。

「なにを見つけたの？」ストラ・カナリが通信してきた。「オロス、いいかげんにヘルメット・テレカムのスイッチを入れて。でないと、あなたたちの話がわからないわ」

「わかった」オロスは応じ、ヘルメット・テレカムをまた作動させた。「われわれ、刻まれたメッセージを発見して、いまそれを解読しているところだ」

「外側カメラのスイッチを入れて、映像中継を作動させたわ」と、ハフィラ。「この模様は高度な天文学的知識を持った生物がつくったものと考えられる……あなたも天文学者のひとりでしょう、ストラ。ウマンはいったい、なにをしているの?」

「近くの一銀河のハイパーグラフィック撮影をしているわ」ストラは答えた。「渦状銀河で、なぜか知っているような気がするけど、特定にははっきりした映像が必要だから。ああ、あなたの外側カメラから記録がとどいたわ。これは驚いた、ハフィラ!」

「え、なんですって?」と、ハフィラ・マモック。

「驚いたのよ。とどいた映像が、確認できた渦状銀河にそっくりだから」ストラが説明する。「この図で確認がかんたんになったわ。本質的なものを強調し、そうでないものを省略しているから。賭けてもいいけれど、ここに描かれているのはM‐33よ。地球から見て、三角座という星座にある」

「すごいわ!」ハフィラが声をあげた。「一回で見ぬいてしまうなんて」

「こんなに早くわかったのは、同じ渦状銀河を自然界で見たことがあるからよ」と、ストラ。「メッセージのほかの部分も見せて!」

ハフィラ・マモックはこのもとめに応じた。しかし、今回、謎を解いたのはオロスだった。ふたつの絵の対置状況と、まんなかの放射状パターンに伸びる矢印の意味がわかったのだ。

「このメッセージでは三角形が重要な役割をはたしている」かれはいった。「おそらくこのふたつの絵と中央の放射状パターンと矢は、中央のパターンのバイナリ・コードと合わせて、われわれが飛ぶべき銀河間ポジションを告げているのだ。それは鋭角三角形の頂点をあらわしていて、M‐33と銀河系がほかのふたつの角となっている」

「M‐33までの距離のほうが百光年ほど長いが」ハフィラがつけくわえた。

「待って！」ストラは反論した。「これでなにもかもわかったけれど、そのポジションへ飛ぶようにわたしたちに指示するものなんて、どこにもないわよね。どうしてわたしたちが行かなくてはならないの？」

「わたしも通信ですべて聞いていた」ウマン・ゾカフが口をはさんだ。「わたしにとって、問題は明白。だれかが金の小惑星を送りだし、それを発見した者に、自身がやってきたところへつながる道をしめそうとしたのだ。おそらくこの者は、なんらかの理由で故郷星系をみずからはなれることはできないが、ほかの文明の代表とのコンタクトを望んでいるのだろう」

「では、かれらの故郷星系は空虚空間のなかにあるにちがいない」オロスがいう。

「きっとそうよ！」と、ストラ。「そういう星系を知っているわ。例外的だとしても」

「それはわたしも知っている」オロスがいう。「しかし、わたしの考える重要な問題はそこではない。金色の小惑星は数百万年前からずっと移動しているはず。それについてはメッセージではなにも触れられていないが、そうだとすると、空間的な関係が合わなくなる。それほどの年月がたてば、M－33と銀河系のポジションは大きく変わってい て、鋭角三角形の頂点は、問題の星系のポジションともはや合わない」

「そのとおりよ」ハフィラが慎重にいった。「メッセージの発信者は、なぜこんな重要なことを忘れたのかしら？」

「どうしてそれほど思考停止状態になれるのだ！」奇妙に響く声が〝背景〟から聞こえた。「そんなに重要なことなら忘れる者などいない。もし、それがふくまれていないなら、このメッセージはとくにわれわれに向けたものだということ。だから、移動期間は考慮しなくてもいいほど短いのだ」

「いまのはだれだ？」オロスがたずねた。

「ウマンではなかった……わたしでもないわ」ストラが答える。「すると、船でしかありえない。いわれた言葉は納得できるものだった」

「だが、あの声は！」オロスが興奮する。「船はいつもアルトの声を響かせて話す。どうして、甲高い声で話したりしたのだろうか？」

「ひょっとすると船ではなく、シガ星人かもしれない」ハフィラが淡々といった。

オロス、ウマン、ストラは哄笑し……ハフィラも最後にそれにくわわった。

「これまで聞いた冗談のなかで最高だったよ」エルトルス人四名がおちつくと、ウマンがいった。「グリーンの小人が船内にいると想像したら！　かれらはつねに床にもぐっているにちがいない。ひどく臆病だし、この船内ではじつに粗野な言葉が飛びかっているのだから」

「もう忘れてちょうだい！」と、ハフィラ。「本当だったら、うますぎる話ね。さ、話をもどしましょう！　船が唱えた異議はとにかく明快だった。メッセージはわたしたちだけに向けたものなのよ。でなければ意味はないわ。要求に応じましょう」

「もし、これが罠だったら？」ストラが異論をはさむ。

「とにかく慎重に行動するのよ」ハフィラが答えた。

「シガ星人のようにな」ウマンが冷やかす。「冗談はさておき、もちろん注意はしよう。だが、これだけの金を産出できるところなら、もっと多くあるはずだ。物質転換の方法で生産する金は、銀河系ではますます高価になっている。未知者たちが、低コストの方法を知っているといいが」

「それがわかったら、われわれはその方法をせしめよう」オロス・カラカイがいう。

「エデンⅡはあとまわしにできるだろう。どう思う？」

全員が賛成した。

一時間もたたないうちに、《ナゲリア》は金の小惑星からはなれ、伝えられたポジションへのコースに入った……

＊

「消えた！」

「ない！」イ＝ステュリュクスがさえずるようにいい、ひかえめにげっぷをした。

「なにが？」オ＝ビュリュクスがもごもごとたずねる。口のなかがまだ、ニトロ化発酵させたイモムシでいっぱいだった。タンパク質が豊富なこの珍味は、きょうの肉料理のつけあわせだ。献立はヴィールス船が、ブルー族の乗員が持ちこんだ備蓄から用意する。

「われわれが探しているものだ。ハイパーエネルギー・インパルス群の発信源だよ」イ＝ステュリュクスが答え、相棒の皿からムッチの実をかすめとった。可変シートの前のテーブルにのった皿のなかでは、吸血ヒルのソースが震えている。かれはムッチの実をなかば開いた唇から口内にすべらせ、舌を使って上顎で押しつぶし、口のはしから黄土色の液体をはねとばした。「ああ、うまい！」感嘆の声をあげる。

「わたしの最後のムッチの実じゃないか！」オ＝ビュリュクスが文句をいい、ソースを指でむなしくかきまわした。「ごちそうを最後までのこしておいたのに」

「そんなことはしちゃいけない」イ＝ステュリュクスは、いい気味だといいたそうだ。「わたしはごちそうは最初に食べる。そうすれば、だれにも横どりされたりしないからな」

オ＝ビュリュクスは左後方の目で、イ＝ステュリュクスの前のテーブルにある皿を盗み見たが、そこには残飯がわずかにあるだけだ。かわりに、自分のテーブルにのった皿が、右前方の目に入った。発酵させたラトス草の山の下にいくつか、ギョロメウオの目玉の砂糖漬けがある。

勝ち誇ったようにさえずり、そこに手を伸ばして、とがった指先でつまんだ。数は三つあり、そのうちふたつは口に入れられたが、欲張ったため、三つめは指からすべりおちて、司令室の半分くらいを飛んでいった。オ＝ビュリュクスはがっかりして目で追ったが、もはや見えなくなった。

イ＝ステュリュクスは、それがハッチのそばに落ちているのを見つけた。ヴィーロ宙航士が司令室に入るために足を拭《ふ》く、靴ぬぐいの向こうだ。しかし、かれはそれをとりにいくのをあきらめた……さらに、見つけたこともいわなかった。

オ＝ビュリュクスは、ギョロメウオの目玉ふたつが、ひとつずつではなく一度に食道を落ちていったため、苦しくなってうめき、目からこぼれた涙をテラのペーパータオルでぬぐってからいった。

「送信機が消えたのなら、飛行をつづければいいじゃないか」

「送信機が消えたかどうかは、わたしにはわからない」イ＝ステュリュクスが応じる。

「ひょっとすると、送信を一時的にやめただけかもしれない。船よ、発信源を探知できるか?」

「計測しました」《リュルリュビュル》がブルー族のさえずり声で答えた。「しかし、送信をもうやめています」

「どちらでもいい」とイ＝ステュリュクス。「いずれにせよ、一度見にいこう」

「なぜだ?」オ＝ビュリュクスがつまらなそうにたずねた。「送信をやめた発信機だと? おもしろくない。とくに意味はないだろう。三ワットしか発していなかったのだし」

「ハイパーワットだ」イ＝ステュリュクスが訂正する。それからぎくりとして、皿頭を揺らした。「なぜもっと早く思いつかなかったのだ! それが三ハイパーワットで送信されていたなら、われわれ、受信できたはずがない……しかも、恒星フェルトの二十倍の絶対的な明るさを持つ巨星の向こう側からだぞ? フェルトはソルの四百五十倍の明るさに相当するというのに」

「思いつかなかったのは、あなたの理解が遅いからです」ヴィールス船が答える。

「おせっかいな褐色の被造物にかけて!」イ＝ステュリュクスが毒づく。「きみには話しかけていないんだ、《リュルリュビュル》」

オ＝ビュリュクスはがあがあ笑っていった。

「だが、船のいうとおりだ、相棒。おまけにきみは、信号がハイパーエネルギーで発信されたことも忘れているようだが」

「あの巨星は膨大なハイパーエネルギーも放射している」と、イ＝ステュリュクス。「そのなかでは三ハイパーワットは、クリームソースにムウルト・ミミズが溶けるように、埋没してしまうだろう。集束された指向性信号なら、話はべつだが」

「指向性？」オ＝ビュリュクスはおうむがえしにいって、愕然とした。「だが、それでは信号がわれわれに向けられたことになる。そうでなければ受信することはなかっただろう！　あらたな観点《アスペクト》が生まれたぞ」

「どうか、テラのふしだらな言葉を使わないでくれ！」イ＝ステュリュクスが警告する。

「アスペクトというのは、考え方と同じようなものですよ」船が教えた。

「そのとおり！」オ＝ビュリュクスが勝ち誇ったようにいう。「まさにそれをいいたかったのだ。正確な集束インパルスを、われわれがちょうどいたところに向けたのなら、予備の送信機などといったものではありえない。だれかがわれわれのところに到達しようとしているのだ」

「陰険な青い被造物にかけて！」イ＝ステュリュクスが言葉をもらした。「われわれを狙った罠だ！　急いでここをはなれよう、船よ！」

「待つのだ！」オ＝ビュリュクスがいった。「さっき、発信源を計測したといったな、

《リュルリュビュル》。それは宇宙船にあったのか、あるいは惑星か？」

「小惑星にありました」船が答える。「ただし、きわめて異質な小惑星ですが」

「異質というのは？」オ＝ビュリュクスがたずねた。「煩雑《はんざつ》な赤い被造物のせいで、すこしずつしかすべて吐きだささないことにしたらしいな。小惑星のなにが異質なのだ？かたちか？」

「それもです」《リュルリュビュル》が答えた。「つまり、直径が四百九十九メートルの正確な球形をしています。しかし、問題はそこではありません。わたしがいいたいのはその材質です」

「で？」オ＝ビュリュクスが追求した。「さ、すべて吐きだせ！　煩雑な赤い被造物にかけて……」

「モルケックスです」《リュルリュビュル》はいった。オ＝ビュリュクスはこの言葉に愕然とする。相棒は突然、皿頭をはげしく振り、細長い頸から頭が落ちるのではないかと思われた。

しばらくしてやっと、オ＝ビュリュクスはふたたび話せるようになった。

「不可視の戦慄の被造物にかけて！」ほとんど聞こえないような声でさえずり、震えをかくすように手を組みあわせた。「聞き違いではないのか。自分の耳が信じられない。もう一度いってくれ、《リュルリュビュル》！」

「モルケックスです」ヴィールス船がくりかえた。

その構造は、耐衝撃圧縮されたモルケックスのものと合致します」

ブルー一族二名は息ができずにあえぎ、発作を起こして倒れそうになった。だが、しだ

いにおちつきをとりもどした。

「モルケックスか」イ゠ステュリュクスが恐ろしそうにささやいた。「この、三度も呪

われた恐ろしい物質は、われわれの種族を滅ぼしかねなかった。すぐにここから立ち去

ろう、相棒！」

「そうあわてるな！」オ゠ビュリュクスが臆病になりつつも、魅了されたようにいった。

「本当にモルケックスなら、自身の手で触れてみたい。それどころか、いくらか船内に

持ちこめるかもしれないぞ」

「驚愕の黄色い被造物にかけて！」イ゠ステュリュクスが仰天してさえずる。「この船

にモルケックスを持ちこむなど、一ミリグラムでもだめだ！」

「小惑星は耐衝撃圧縮されています」《リュルリュビュル》がすでに伝えた事実をくり

かえした。「ここで使える道具ではモルケックス小惑星を削ることはできません……そ

のまま船内に収容するには大きすぎます」

「それはそうだ」イ゠ステュリュクスは安堵しながら、ヴィールス船が自分と相棒の願

望どおり、GAVÖK規格の缶詰のかたちをしていることを思いだした。高さが三百メ

ートル、上下の直径が二百メートルしかないのだ。「では、そこに飛ぶ必要はないな」

「だが、そこから通信を受けたのだぞ」オ＝ビュリュクスが反論した。「なにか理由があるにちがいない。それをわたしは知りたい。そこに飛んで、モルケックス小惑星を見てみよう！　メイベルにかけて！　なにがはじまるか知りたいのだ！」

「メイベル？」イ＝ステュリュクスがくりかえした。「新しい女神の名前か？」

「違う。有名な貨物船船長ガイ・ネルソンの姉だ」オ＝ビュリュクスが説明した。「わたしの父は彼女とともに大宇宙を航行した。あらゆるグリーンの砂の被造物にかけて、メイベル・ネルソンは超新星爆発に匹敵する自然現象だよ！」

「モルケックス小惑星にコースをとりました。よかったでしょうか」ヴィールス船が口をはさんだ。「一時間で到着します」

「では、食後のデザートを楽しまなくては」イ＝ステュリュクスは運命に身をゆだねた。

「同じ死ぬのなら、満腹のほうがいい。わが九親等にあたる二百十一番めの義理の姉がいつもそういっていた。たっぷりのうまいデザートをたのむ、船よ！」

ヴィールス船はいつものように……そうしたいときだけだが……指示にしたがう。そして一時間後、直径五百メートル弱の色のない球体に到着した。

「モルケックスだ！」オ＝ビュリュクスはほとんど敬虔《けいけん》な気持ちのこもった声でさえずった。「この球を何時間も銃撃しても、かすり傷ひとつつけられないと思うと、目眩がする」

「それで、送信機はどこだ？」イ＝ステュリュクスが意地悪くたずねる。

「訂正しなくてはなりません」船がふたたびいった。「送信機は小惑星の地上ではなく、表面に埋めこまれていました……上極です」

「行こう！」オ＝ビュリュクスがさえずる。「真実の白い被造物にかけて！　最初の結婚式にのぞんだときのように興奮するな」

このときインターカムが高い音をたて、かれはぎくりとした。

「スイッチを入れろ！」イ＝ステュリュクスが船に命じる。

かれと相棒のあいだにホログラム映像が生じた。そこにあらわれたのは仲間のキュヒュングで、ちょうどシャワーを浴びたばかりのようだ。バスローブを身につけている。

「それで、気味の悪い送信機はどうなった？」キュヒュングはたずねた。「いま服を着ようとして、ふだん着にするか宇宙服にするか考えていたのだ。きみたちが送信機の調査をするなら、わたしも参加したい」

「それについてはなんともいえない」イ＝ステュリュクスがいった。「送信機は、純粋モルケックス製の球形の小惑星にあった」

キュヒュングは耳をつんざくような声をあげた。驚きのあまり、バスローブがはだけたが、すぐにまた巻きつけ、走りはじめた。司令室のなか、ホログラム映像はあちこち走りまわるかれを、ありありとうつしだす。

「スイッチを切れ！」オ＝ビュリュクスは船に命じ、また相棒のほうを向いて、毒づいた。「おろかなすみれ色の被造物にかけて、モルケックスの話をキュヒュングに対してだけできると思うか！　すぐに全乗員に知られる。パニックになるぞ」

「それは阻止します」《リュルリュビュル》がいった。「了承を得られれば、空調のなかに鎮静剤を投入しますが」

「もちろん了承する！」オ＝ビュリュクスは大声でいうと、可変シートの背もたれのうしろから宇宙服を引きだした。

イ＝ステュリュクスもそれにならい……二十分後には、ブルー族二名は畏敬の念をこめた足どりでモルケックス小惑星に降り立った。何度か上極のあたりをまわり、送信機に向かう。

「予測はしていた！」オ＝ビュリュクスは、モルケックスにあいたシリンダー状の穴の前にふたりでならんだとき、いった。そこに、やはりシリンダー状のちいさい送信機が埋めこまれている。「この送信機を設置したのがだれであろうと、その者は従来のわれわれをはるかに凌駕《りょうが》する技術を使いこなせる。この穴は輝かんばかりに磨かれている。これを完成させるには、どんな道具を使ったのだろうか？」

この質問はそのまま宙に浮くことになった。次の瞬間、ブルー族二名はモルケックスに埋めこまれた送信機のまわりに図式的な模様を発見し……すぐに、この模様について感じたショックにとりつかれてしまったのだ。テラナーがひどく好奇心が強い種族だということは、銀河系のはるか彼方まで知られているが、ブルー族の場合はさらにひどいかもしれない。

二名は真剣に、この記号、図、シンボルの意味の解読にとりかかった。ほとんどやりとげたとき、ほかのヴィーロ宙航士二百二十名があちこちから同時に押しよせてきて、押しつぶされそうになった。

ヘルメット・テレカムはしばらく無意味な雑音をたてていたが、オ＝ビュリュクスが話しかけると、大勢がすぐに理性をとりもどした。それは船が鎮静剤を使ったおかげだったのかもしれないが、かれは安堵した。

「イ＝ステュリュクスとわたしはメッセージをほぼ解読した」耳をかたむけるヴィーロ宙航士たちに伝える。「そのさい、この不気味な明るい恒星がテラでいう、しし座の頭の位置の星であると特定できた。太陽系からわずか三百二十光年のポジションにある」

「だが、われわれ、太陽系に行くつもりはない」キュヒュングは反論する。

「もちろんだ」と、オ＝ビュリュクス。「まったく違う。このメッセージにもそんな意味はこもっていない。われわれが太陽系を去ったのはガタスに帰還するためではない。しかし、明るい恒星の中心からこの小惑星までの直線ルートを考え、それを銀河間空虚空間に伸ばしてみると、銀河系とM－33銀河から鋭角三角形をつくるもうひとつの点にたどりつくのだ」

「その点に飛べとメッセージがいっているというのか？」キュヒュングが憤慨した。

「まさにそうだ」オ＝ビュリュクスが率直に応じた。「それをわれわれは実行する」

「しかし、われわれの目標はエデンIIだ！」キュヒュングが反対する。

「おろかなすみれ色の被造物にかけて！」オ＝ビュリュクスが立腹してさえずる。「われわれがなんのためにここにいるか、わからないのか？　さらに、このメッセージの書き手が耐衝撃圧縮モルケックスをどれだけかんたんに加工したか、わからないのか？結論はふたつしかない。ひとつ。未知者は耐衝撃圧縮モルケックスの膨大な量を貯蔵していて、それを使うことができる。ふたつ。かれらはあらゆる銀河文明をはるかに凌駕した技術力を持つ。われわれが貯蔵モルケックスを入手し、技術的な方法を知ることに成功したら、宇宙ハンザとスプリンガーたちにとってもっとも望まれる交渉相手になるだろう。このような無比のチャンスをみすみす見逃すのか？」

ここでわきあがったさえずりを、かれは熱狂の嵐ととらえ、自分の計画に同意を得られたと考えた。

ふたたび静けさがもどると、かれはいった。

「まず伝えられたポジションに飛び、チャンスをつかみたい。そのあとまた、エデンII

の捜索を続行すればいい。〝それ〟の力の集合体の精神的中枢がどこにあるか、未知者が知っている可能性だってある。われわれより発達した者たちは、より多くのことを知っているはずだ。さらに、あらゆる競争相手をこえるはかりしれない有利性をつかみ、エデンIIをペリー・ローダンよりも早く発見するかもしれない」

あらたな熱狂の渦がひろがる。それがおさまらないうちに、オ＝ビュリュクスはイ＝ステュリュクスとともに船にもどり、司令室に行くと、あらたなコースのために綿密な計算を設定した……

＊

「わたしたちも戦いはするけれど」リルダ・コンタルは、この惑星の主言語ふたつのうちのひとつであるレトルン語で不明瞭にいった。ヴィールス船が習得したのち、すべての平和の使者がヒュプノ学習で学んだ言語だ。「でも、平和のためだけに戦うのよ」

女ヴィーロ宙航士は理由もなく不明瞭に話したわけではない。彼女はすでに、原住種族がシーマと呼ぶ惑星に唯一ある巨大な大陸に着陸してすぐ、軍隊パトロールに捕まっていた。主要基地に移動させられるまでのあいだ、かなり粗野にあつかわれたのだ。しかし、だからといって、この惑星の住民に環境問題についての理解をもたらし、平和的共存を教えるという計画をあきらめてはいなかった。

審問を指揮した高位の将校は、まずほかの将校三名を見やり、つづいてリルダを射ぬくような目つきで凝視した。

「ばかげている」かれはいった。「大陸ブロックの兵士であるわれわれも、平和のために戦っている。それができるのは、敵を威嚇《いかく》するための充分な砲熕《ほうこう》兵器、装甲車輛、飛翔機、それに核ミサイルまであるからだ。きみはけっして平和のために戦うことはできない。武器を持たないのだから。それどころか、わたしはきみが島ブロックの諜報員だと主張する。われわれのところで騒ぎを引き起こすつもりだな。結局、パラシュートで飛びおりてきたのだから」

「それは真実ではないわ」リルダが反論する。「わたしは島ブロックの諜報員ではなく、平和の戦士よ」

「型どおりのくりかえしか！」べつの将校が不平をいった。「われわれ、これでは先に進めません、司令官。もう一度、この諜報員を捕まえた兵士にまかせたほうがいいでしょう。そうすれば、もっと話す気になるのでは」

「だめ、二度ともどさないで！」リルダが大声をあげた。

次の瞬間、彼女は唇をかみしめた。弱くなってはならず、恐れを見せてもならない。重要なのは使命をはたすことだけだ。

それでも意識のかたすみで、絶望しつつ《オーキッド》を思い、ヴィールス船が助けにこないかと願った。拘束されそうだということを通信で伝えられていなかった。すべてが急な展開で、それからテレカムのついたアームバンド・クロノグラフやその他の装備を兵士に奪われてしまったのだ。ただ、本当の素性をしめすものを携帯していなかったのはよかった。着陸カプセルはもちろん、着陸後すぐに船にもどっている。シーマの者たちには、自分が宇宙空間からきたことを知られてはならない。

司令官はグレイヘアの頭を振った。実際、悪い者には見えない。むしろ勇敢で、妻と子供を愛する一家の大黒柱で、散歩のさいには花や虫を踏みつぶさないように気をつける者に見えた。

「わたしはそうした方法を好まない」かれはいった。「しかし、真実を話してほしいのだ、リルダ・コンタル。きみの装備と衣服の一部を調査した結果、大陸ブロックで製造されたものではないとすぐに判明した。そうなると、島ブロックからきたとしか考えられない。おそらく、きみはゴワンダー出身だろう。産業がもっとも発達した支配的な国だ。装備と衣服の質の高さがそれを物語っている」

声が父親らしくなった。

「島ブロックの帝国主義者たちによって諜報員として送られたと認めなさい！　協力する心がまえがあるなら、場合によっては処罰をまぬがれられる。きみは利用されただけで、罪はほとんどないということだから」

「だから、わたしは島ブロックの諜報員などではないの!」リルダは抵抗した。

司令官はそれをほとんど聞いていなかった。伝令が入ってきて、注意をそらされたのだ。伝令に耳打ちされ、司令官はすぐに尋問室を出ていった。

「あなたたちはひどい間違いをおかしている」女テラナーはほかの将校たちにいった。「すでに環境を破壊し、害をますますひろめているのよ。結果がどうなるかもわからないのに、遺伝子実験をして……さらに、実際に起こったら自分たちや文明を破滅に導きかねない戦争のために、軍備をかためている」

将校たちは反応しなかった。かれらはかたくなに宙を見つめている。

リルダはあらたな論を展開しようとしたが、それ以上話せなかった。司令官がもどってきたからだ。今回は父親らしい親しみやすさは消え失せ、威嚇的になっていた。冷ややかな目を女ヴィーロ宙航士に向ける。

「平和の戦士だと!」軽蔑するようにかれはいった。「たったいま、島ブロックの諜報員がさらに二十一名、捕まったと連絡があった。そのうち三名は逃亡して撃たれた」

「なんということ!」リルダは驚いた。

「芝居は終わりだ!」司令官はどなりつけた。「きみたちは全員、島ブロックの諜報員だな。装備や衣服が完全に一致していることからわかる。きみもふくめて二十二名の女諜報員というわけか。だが、おそらく数名は発見されずに潜入しているだろう。ともかく、これは島ブロックの、われわれの領地への侵略だ。いずれ対抗処置をとることになろう。きみと共犯者たちには、われわれの法律のきびしさを味わってもらう」

かれはこぶしでデスクをたたいて命じた。

「連れていけ！」

リルダは絶望しきってむせび泣いた。兵士ふたりが駆けこんできて、彼女の腕を背中にまわさせ、連れていく。リルダは、自分の素性を明かさずに司令官の気持ちを変えられるような言葉を探すが、なにも思いつかない。

小部屋に押しこまれ、背後でドアが閉められたとき、彼女は精神的に疲れはてていた。

＊

「だめだ」シャストル・ドルモンは、難破船の司令室の前でクミン・ザロウとクィリン・シールドとまた会ったとき、失望したようにいった。「この船は無人だ」

「それだけじゃない」クィリンが応じる。「なかはすっかり空《から》だ。乗員が救助されたさいに積み荷を持っていったか、あるいは船が略奪行為にあったか」

「あるいは、宙賊に襲われたか」クミンがいう。「損傷は武器の作用で引き起こされたのかもしれない」

「で、乗員もか？」クィリンが問いかける。

シャストルは、司令室の前で交差する三本の通廊にそっと目をやった。弟子二十名ずつのグループが、教官たちとは敬意を持った距離をたもってならんでいる。

「宙賊は乗員をおそらく船からほうりだしただろう」かれは小声でいった。「かれらは捕虜はとらないはずだ」

クミンは蒼白になった。

「つまり、乗員は殺されたということか？」かすれた声でたずねる。

クィリンは目を見ひらき、失神しそうになる。

「しっかりするのだ！」シャストルが驚いてささやいた。「弟子たちがどう思うか！」

かれはハッチのほうを向いた。《ブラディ・マリー》が通信で伝えてきた計算によると、この向こうに難破船の司令室があるはずだ。

なぜかはわからないが、ハッチは封鎖されて関係者以外は入れないだろうと、かれは思った。そのため、ほぼ一メートル半まで接近して開いたときには驚いた。

その向こうは難破船のほかの場所と同じように暗かった。しかし、三名はヘルメット・ランプをセットし、弟子たちもそれにならった。三名は慎重に、パラライザーをいつでも撃てるように準備して、司令室に入っていく。弟子たちには、うしろでのこっているように合図した。

直径百メートル、高さ四メートルの円形のキャビンのなかを、三つの円錐形の光がちらちら動く。すわれるようなシートはない。船内にはほかのキャビンでも、シートはまったく見あたらなかった……ベッドも横になれるような台もなく、ハッチの前にはただ、深さ二十センチメートルの幅ひろい溝があり、壁ぎわには波状の手すりが二組ずつならんでいるだけ。この船の持ち主がだれであろうと、ヒューマノイド生物ではないようだ。かれらがどんな姿をしていたのか、まったく推測がつかない。

司令室も同じだった。

シャストルがひそかに期待していたように大気で満たされていることもなく、ほかの空間同様、真空だった。

ともかく、ポジトロニクスはある。

シャストル、クミン、クィリンはコンピュータの専門家なので、自信たっぷりで調査をしようと近よったが、すぐに失望することになった。ポジトロニクスのなかも空だったのだ。どんなデータがあったにしろ、跡形もなく消えていた。プログラミング一本さえのこっていない。

「むだだ」と、クィリンがいった。「これほど徹底的だと、これ以上調べても時間の浪費になるだけだろう」

シャストルはうなずいた。このとき、かれの投光器の円錐形の光が、円形のポデストかテーブルのようなものを照らした。直径が八十メートル、高さが十センチメートルほどで、司令室全体を占めている。

突然、なにかが光った。

「クリスタルだ!」クミン・ザロウが投光器を、高くなっている部分の中央に向けた。

「気をつけろ!」クィリンが注意をうながすが、シャストルは高い部分にのぼっていき、前かがみになってクリスタルに近づく。「爆弾のようなものかもしれないぞ」このときかれが考えていたのは原始的な爆弾ではなく、この時代に〝爆弾〟と呼ばれているものだ。遺伝子殺傷装置、ヒュプノ暗示ガス、マルチ・ヴィールスなど、数々の恐ろしい爆弾がある。

「これはポジトロニクス用の記憶クリスタルだ」シャストルがおちつかせるようにいった。「フォーム・エネルギー製のさいころにつつまれている」

「フォーム・エネルギー?」クミンがおうむがえしにいう。「だが、エネルギー源など見えないが」

「どうやら、このタイプのフォーム・エネルギーは、ひとたび固化すると補給はいらないようだ」シャストルはいい、五つあるさいころのうちのひとつに指先で触れた。なにも感じない。「エネルギーは流れでても、流れこんでもいない」

「すごい!」クミンはいって、高いところに跳びのった。「つまり、いったん発生した物体が、プロジェクターや貯蔵庫からのエネルギー補給がなくても固体としての形状を保持するのなら、実際にフォーム・エネルギーの時代がくるということだ。われわれの文明はまだそこに到達していないが、このクリスタルをあとにのこした者は、おそらく、その時代がとっくにはじまった文明からきたのか」

「そうだな」シャストルが応じて、さいころを手のなかで揺らした。重さはまったくないようだが、もちろん、自身の質量が原因となる重力……この場合は〇・〇一G……が支配する難破船内であるため、公正な算出はできない。「われわれがこの文明を発見し、そこから科学技術的な知識を得られると考えてみろ！」

「われわれは永遠に無敵だ！」クミンが夢中になる。

「ひょっとすると、この文明の代表者はほかの文明の生物とコンタクトできることを願っているのかもしれない」クィリンは声に出して考えた。「だが、そういう生物が偶然この難破船を見つけて、司令室に記憶クリスタルを置いていった可能性もある……ほかの文明の者が難破船を発見した場合にそなえて」

「このクリスタルをすぐに再生してみよう！」クミンが大きな声でいう。

「先にポジトロニクスをプログラミングしてセットしないと無理だ」シャストルが反対した。「これはヴィールス船にまかせよう。だから、われわれ、もどらなくては。難破船ではこれ以上することはない」

仲間は同意した。

三名は記憶クリスタルの入ったさいころをとると、司令室を出た。発見したものについて弟子たちに知らせ、搭載艇で《ブラディ・マリー》にもどった。

ヴィールス船はほとんど時間をかけずに記憶クリスタルを分析した。だが残念ながら、ほとんどが未知の式で、既知の式に変換することができなかった。

ひとつのクリスタル以外は。

そのなかには銀河間のポジションが、図式的なコンピュータ・グラフィックを使ったバイナリ・コードで記録されていた。それ以上はなにもない。しかし、星間戦闘人たちには充分だった。

「このポジションは、ここからまったく遠くない」シャストル・ドルモンが手短にいった。「そこは鋭角三角形の頂点となっている。ほかの角ふたつはM－33と銀河系……ざっくりいうと、そういうことだ。もちろん、さらにポジションを正確に突きとめるには詳細な計算が必要だが、それは時間の問題だ。この時間を使って、該当のポジションに飛んでみよう」

「で、そこでなにをするのだ？」ナコシュ・ランジーがたずねる。

「高度に発展した文明を知る」クミン・ザロウが答えた。「科学技術的な知識を手に入れれば、われわれは無敵になるのだ」

「しっ！」ミタル・ボヴィスは、ずっと話を聞きつづけている者がいることを警戒している。とりわけ、ヴィールス船のことを。

しかし、《ブラディ・マリー》はこの裏切り行為には反応を見せずにいった。

「それはまだすこしがまんしてください。《オーキッド》から救難信号を受けました。船は大マゼラン星雲内部にある惑星の周回軌道にいて、九十三名の女性が生命の危機にさらされています」

「われわれにどんな関係がある？」コンゼル・チプレーンがきつくいった。「その女たちはいったいどうして危機におちいったのだ？」

「シーマという惑星にある発展途上の文明に理性と平和をもたらそうとしました」ヴィールス船が答える。「そのさい、大部分が軍事的な組織に捕らえられたのです。数名は殺されてしまいました。ほかの者も同じ運命に脅かされています」

「なんと恐ろしい」シャストル・ドルモンがいった。「すぐに近くのハンザ基地に連絡し、戦闘艦をシーマに送るように伝えてくれ」

「ハンザ基地ともハンザの宇宙船ともまったく連絡がとれなくなっています」《ブラディ・マリー》が応じる。「《オーキッド》も同じです。のこるはわれわれだけです。それとも、九十三名の女性を恐ろしい運命にゆだねますか？」

「だめだ、そんなことは考えられない」シャストル・ドルモンがしばらく慎重に考えたあとにいった。「女たちを捕まえているのは、野蛮な種族なのか？」

「そういえるかもしれません」

「では、武装も原始的だろうな」クミンがいう。「われわれの装備にくらべれば、かれらは動物みたいなものだ。そこを徹底的にかたづけて、女たちを安全なところに連れださなくては。そのあとで、記憶クリスタルからわかったポジションに行こう」

「わかった」シャストルがいった。かれは、ほか五名の星間戦闘人全員から指揮官のようにあがめられている。また、弟子たちにはこうした決定にくわわるような発言権がないので、かれが決断をくだした。

星間戦闘人たちははじめて、秘めた力を見せることになるだろう……

5

ペリー・ローダンの歩みが遅くなった。

かれはそのとき、装飾用植物の人工的なジャングルのなかにいたのだが、いまは砂漠のなかにいるかのようだった。しかし、どこかその景色は非現実的で……次の瞬間にはまたジャングルにもどっていた。

テラナーは自身のなかに耳をすました。幻覚を見ているのだろうか？　しかし、自身に変わったところはまったく感じられない。

環境に起きた変化は現実だったにちがいない。すくなくとも、意識のなかで発生したわけではなかった。おそらく、五次元または六次元エネルギーの影響を受けて引き起こされたものだ。

破壊工作の副作用か？

ローダンはほとんどわからない程度にかぶりを振った。

かれには、破壊工作はきわめて優秀な者たちによっておこなわれたと思える。そうすると、無意味な副作用は発生しないだろう……自分が見たものはなんの効果もなかった。かれを困惑させるという目的があったのなら話はべつだが、それは考えられない。ローダンを知る者は、かれがかんたんに困惑しないと知っている。破壊工作者たちは、自分たちの力をむだに浪費することはないだろう。

かれは先に進んだ。

次の瞬間、黒い岩礁に立っていた。下のほうで海がどよめき、空の半分にまぶしく青白い恒星が輝いていて、のこりの半分には漆黒の雲のなかではげしい嵐が猛《たけ》り狂っている。

数秒間、ローダンは、《シゼル》で《バジス》のすぐあとを飛んできていたヴィシュナとタウレクが、このハイパー物理学的現象に気づいているかどうか考えたが、すぐに立腹してこの考えを振りはらった。心のなかで、コスモクラートふたりが干渉してくることを望んでいると気づいたためだ。

「自立することを学ばなくては！」自身にいいきかせる。

唇をかみしめ、さらに歩いて岩礁のはしまでいき、五十メートル下で荒れる波に落ちそうな感覚をおぼえながら、そこを無視してそのまま進んでいった。

さえずるような声が響き……突然やんだ。

いきなり、ローダンが立っているところは岩礁ではなく、黒いガラス製の平面になった。三つの異なる衛星がうつっている。赤と黄色と銀色の衛星だ。

それにはほとんど注意を向けず、さっき聞いた声を分析しようとして……それがブルー族のものだったと急にひらめいた。インターコスモだったが、ブルー族にしかできない話しぶりだった。いま《バジス》船内にブルー族がいただろうかと考え……それを打ち消した。声は、環境の変化と同じくハイパー物理学的な現象のようだから。

「この狙いは破壊工作ではない！」思わず声がもれた。「具体的な目的があったら、だれもこのようなくだらないことにかかわったりしない」

「陰険で嘘つきで、おまけに毒のあるムウルト・ミミズなら、話はべつだが」ブルー族の声がさえずる……今回ははっきり理解できた。

「シ＝イト！」テラナーは呼びかけた。「聞きまちがいようのない、シ＝イトの声だ。《ユィルミュ・ヴァンタジイ》のかつての艦長だな！」

ぼんやりした音がして、すぐにブルー族がさえずった。

「ペリー・ローダン！　しかし、こんなことがあるのでしょうか！」

突然また、テラナーは装飾用植物のジャングルのなかにいた……数歩前を見ると、ひどく太った一ブルー族がまっすぐな細い道に立っている。ガタス宇宙艦隊の着古した艦内コンビネーションを着用し、右手に缶を持っていた。

まさにシ＝イトその人だ！

ブルー族は周囲を見まわした。頭は動かさないが、目の動きでそれがわかる。

「ここはハジョ・クレイマンのヴィールス船ではありませんな！」憤慨して確認する。

「そう、そこにいるのもあなたのはずがない、ペリー。われわれのグループに入らなかったのですから」

「ここは《バジス》だ」ローダンは説明した。「つまり、わたしは本当にここにいるのだな。きみが実際にここにいるのか、あるいは映像にすぎないのかは、すぐにわかるだろう」

缶を持ったシ＝イトの手が急に揺れ動き、くぐもった声が聞こえた。

「そろそろ缶切りを借りたらどうです、シ＝イト。これ以上待たせないで。さ、わたしを食べるのです！」

「いまのはなんだ？」ローダンは啞然としてたずねた。

「このいまいましい缶には毒のある死肉が入っているのです！」ブルー族が悪態をつく。

「陰険な青い被造物が送ってきました。わたしを堕落させようとして」

「ですが、わたしは完璧な環境下で育ち、歯ごたえがあって同時にやわらかく、きわめて味のいいクリームソースに浸かっていて、食べたらうまいのです」陰気な声がいう。

ローダンは缶をさししめした。

「この声は本当にそのなかから聞こえているのか？」信じられないようにたずねる。

ミズですよ」

「それとも腹話術師のところで修業したのか、シ＝イト？」

「腹話術師ですと！」ブルー族がわめく。「いつわりの黄色い被造物にかけて！　そんなことをしたら、わたしの腹が泣きます。缶のなかから話しているのは、ムウルト・ミミズですよ」

テラナーはうめいた。

「とうとう破壊工作者は、わたしを狂気におちいらせるのに成功したのか」絶望してつぶやく。「蓋の閉まった缶のなかにいるミミズが流暢《りゅうちょう》なインターコスモを話すとは、真実のわけがない」

「それでも真実なのです」陰気な声がきっぱりいう。「すべて実際の出来ごとだと保証します。〝それ〟は、シ＝イトをたちの悪い冗談でからかったことの代償として、まさに比類なく美味で毒のない、よろこんで食べられようとするムウルト・ミミズ、つまりわたしを贈ったのです。できれば、かれがこの缶を開けてわたしを食することができるような道具をシ＝イトにわたしてもらえないでしょうか、ペリー・ローダン。わたしはかれの舌の上で溶けてしまうと約束します」

「まったく！」ブルー族はさえずり、怒ったように缶を振った。「このわたしを脅かすために、ペリーまで掌中《しょうちゅう》におさめようとしているのか！　そんなことはうまくいくはずがない、陰険な毒ミミズめ！」

「さ、喜劇は終わりだ！」ローダンは叱責し、てのひらをこめかみに当てた。「いまわたしは、自身の状態を知りたい。自分の頭がおかしくなっているのか……それとも、破壊工作者のはじめた動きが暴走して手がつけられなくなっているのか。後者だとしても、わたしは理性を失いそうだ」

「わたしもです」シ＝イトが共感するようにいった。「陰険なムウルト・ミミズにはすでに慣れましたが、自分が突然《バジス》にいるとは、事態がのみこめません。数分前まで、ハジョ・クレイマンのヴィールス船にいたのですから。わたしはヴィーロ宙航士なのです」

「だが、ここは《バジス》だ」と、ローダン。「ともかく、わかるかぎりでは」

「いずれにせよ、ハジョの船ではありませんね」ブルー族も同意をしめす。「恐怖のすみれ色の被造物にさらわれるがいい！　このムウルト・ミミズがなんらかの方法でわたしをあなたの船に連れてきたにちがいありません、ペリー」

かれは身がまえると、缶を遠くに向かって投げた。缶は、人工的な散水がつくる水たまりに音をたてて落ちた。

ジャングルを縦横無尽にのびる金属ザイルの一本が振動し、ダークグリーンの〝煉《れん》瓦《が》〟がひとつあらわれた。ザイルの数ミリメートル下をすべるように動き、缶のそばでとまると、細いアームを伸ばして缶をつかみあげ、またもどっていく。

「シ＝イト！」陰鬱《いんうつ》な声がはげしくいった。「わたしは〝それ〟からあなたへの贈り物ですよ。そんな生意気な態度は許されません。超越知性体からの贈り物を突きかえすこともです。廃棄物コンヴァーターに入れられる前に助けてください！」

「ふん！」ブルー族がいう。

「さ、助けるのだ！」ローダンがうながす。

シ＝イトは胸をそびやかした。

「助けてやりましょう。だが、やつを廃棄物コンヴァーターから救うのは、クリームソースのなかで容赦なく腐敗させるためです」

かれは、煉瓦形のロボット庭師を走って追いかけた。煉瓦はジャングルに姿を消していたが、ブルー族はどうするべきかわかっている。ロボットはザイルによって前後に動くしくみなのだ。かれはザイルをつかむと、前に運ばれていった。

その姿がすぐにジャングルに消えた。

葉音やさえずり声が聞こえていたが、やがてしずまる。

ローダンはかぶりを振った。

次の瞬間、べつの方角からざわめきが聞こえ、ローダンはからだをこわばらせた。なにかまた奇妙なものに驚かされるのでは、と、そちらに視線を向ける。

数秒後、かれはほっと息をついた。

ジャングルをかきわけてあらわれたのは、ほかのだれでもない、ジェフリー・アベル・ワリンジャーだった……汗をかき、汚れて疲れきっているが、無傷のようだ。

「ペリー！」ハイパー物理学者は息を切らして呼びかけた。「あらゆることを覚悟していましたが、まさかあなたにここで会うとは」

「わたしと会ってなにか困ることでも？」ローダンは皮肉をこめていった。

「とんでもない！」ワリンジャーはあわてた。「ですが、どうしてまたここへ？」

「きみを探しにきたのだ。かわりにシ＝イトと、クリームソースに浸かったしゃべるムウルト・ミミズに出会ったが、こうしてやっと、きみに会えた」

「シ＝イト？」ワリンジャーは理解できないようにおうむがえしした。「ブルー族の勇敢な艦長ですか？《マシン十二》の爆発で命を落としたはずですが」

「もしそうなら、ここにあらわれるわけがないな」ローダンがいう。

「ふむ！」ワリンジャーはうなった。「で、なんといいましたっけ？しゃべるミミズ？」

「ムウルト・ミミズだ」ローダンが訂正する。「クリームソースに浸かっていた」

「そして、しゃべるのですね」ハイパー物理学者がつけくわえる。「そう、神にかけて、あらゆることが起こりえます」

「今回は神ではなく〝それ〟だ」ローダンが正す。「〝それ〟がシ＝イトに代償のようなものとしてミミズを贈ったらしい」

　ローダンはぎくりとして、てのひらで額をたたいた。

「〝それ〟だ！　なぜ、わたしはすぐに思いいたらなかったのだ！　あの超越知性体が、ぞっとするような方法でわれわれやその仲間をからかうことは、よくわかっていたはずなのに。シ＝イトも、〝それ〟がハジョ・クレイマンのヴィールス船から連れだし、《バジス》にうつしたにちがいない。しかし、シ＝イトは跡形もなく消えたあと、いったいどこにずっとかくれていたのだろう？」

「それはわたしがくわしく説明できます、ペリー」さえずり声がした。

　シ＝イトは蔓性植物フィロデンドロンがからまる藪からどうにか出てきた。高くかかげた右手には、また缶をつかんでいる。

「どこにいたのかね？」ローダンがたずねる。

「エデンⅡです」ブルー族が答えた。「まったく悪夢でした。〝生の〟ブルー族を貪欲にもとめる巨大なムウルト・ミミズに何カ月も追いかけられたあと、二月はじめにようやくハンザ司令部で実体化したのです」

　ローダンはうなずいたが、顔から突然、表情が消えた。

「知っている」ほとんど聞こえないような声でいった。「暗黒エレメントがわたしを連れていこうとしたときだ。カッツェンカットがどうなったか、わかるといいのだが」

それから、驚いたように飛びあがり、ブルー族を問いつめる。

「いま、なんといった？　エデンⅡにいたといったか？」

「行きたくて行ったわけではないのですが」ブルー族は驚いて弁解した。

「ああ！」と、ローダン。「すまない。ただ驚いただけだ。いま、すべてが明白になった。なにもかも〝それ〟の恐ろしい冗談だな。だが、エデンⅡの捜索に役だつかもしれない。なにしろきみはそこに行ったのだから、シ＝イト。エデンⅡをどうやって見つけたらいいか、方法を考えてくれないか！」

「真実の白い被造物にかけて、さっぱりわかりません！」シ＝イトがいう。

ローダンはなにかいいかけたが、黙った。アームバンド装置が低く音をたてたのだ。スイッチを入れる。

「こちら、ウェイロンです」《バジス》の船長がいった。同時に、アームバンド・テレカムの小型スクリーンに顔がうつる。「ペリー？」

「ああ」ローダンは緊張して応じた。

「技術的な障害はなくなりました」ジャヴィアがいう。「三分後に通常空間にもどり、M－3のすぐそばで探知行動にうつります」

「ごくろう！」ローダンは安堵した。

「ただ、破壊工作の手がかりはつかめませんでした」船長はつけくわえた。

「忘れてよし！」ローダンは明るくいった。「破壊工作はなくなった。すべて〝それ〟のしわざだったのだ。〝それ〟はまた、数カ月のあいだエデンⅡにいたというブルー族のシ＝イトも送ってよこした。予感がするぞ、ウェイロン。おそらく〝それ〟は、われわれが正しい道を進んでいることを知らせるために、シ＝イトを送ってきたのだ」かれの目が暗くなった。「ゲシールの件もうまくいくといいのだが！」

「ゲシール？」ジャヴィアがおうむがえしにいった。「なにも知らないのですか？」

「どういうことだ？」ローダンは驚いた。

「彼女はすっかり意識をとりもどし、気分もいいそうです」ジャヴィアは説明した。「二分前にハースから聞きました。わたしが先に知っているなんて、変ですね」

ローダンはテレカムの信号が点滅しているのに気づいた。

「どうやら、ずっと呼ばれていたようだ。しかし、はじめはきっと通じなくて、いまはこの通信でわたしが応答できなかったのだろう。では、あとでな、ウェイロン！」

かれは通信を切り、すぐにハース・テン・ヴァルの明るい顔をスクリーンで見ることになった……

6

「大マゼラン星雲だ」シャストル・ドルモンが、パノラマ・スクリーンにうつった無数の星を見ながらうやうやしくいった。星雲を内側から見たものだ。「よく見ろ、みんな！　歴史に満ちた宙域だ！　ここでテラナーたちは探究し、戦い、苦しみ、勝利してきた！　当時、すでにわれわれは星間帝国を持っていたのだ！」

自分がうっかり口をすべらせたことに気づき、かれは内心、おびえた。なんの話かヴィールス船にけっして気づかれてはならない。最善なのは、機会がありしだい《ブラディ・マリー》をほかの通常の宇宙船と交換することだ。ひょっとすると、すぐにその機会があるかもしれない。代表者が記憶クリスタルにポジションの指示をのこした文明は、まちがいなく高度な発展をとげているが、おそらく退廃的でもある。そこに大胆で精力的な男たちの集団があらわれたら、必要なものを奪うことができるだろう。

自分たちがそうした集団になるかもしれない。シャストルと同志五名……さらにもちろん、数千名の志願者から選ばれた新米の星間戦闘人たち百二十名だ。弟子の姿をしているが、かれらは全員、テラのエリートなのだ。

「惑星シーマまであと八十光分」ヴィールス船が伝えた。「最後に四分間のエネルプシ段階をへて到達します。女性たちの解放のために準備したほうがいいでしょう」

「しかし、それはきみの問題だ」ミタル・ボヴィスがいう。「われわれの希望にしたがって、船にはトランスフォーム砲、インパルス砲、分子破壊砲、重力爆弾のような従来兵器が装備してある。シーマには軍事組織があるといっていたな、だから、われわれは真っ先にこの装備でそこを攻撃しなくてはならない」

「そんなことをすれば、数億名の犠牲者が出ることになり、惑星全体が住民の住めない土地になるでしょう」《ブラディ・マリー》が応じる。「最後には住民はひとりのこらず死に絶えることになります。道徳と倫理の問題はべつとして、シーマ人がレムール人の後裔《こうえい》と関係があるのは、まずまちがいありません。というのも、かれらは完全なヒューマノイドであるだけでなく、その語彙にはレムールが起源となっている無数の言葉があるためです。それを考慮すると、親戚関係でしょう」

「親戚?」クミン・ザロウがくりかえす。「では、かれらと話ができるだろうね」

「あなたたちが想像するようなことにはなりません」船が応じた。「いったように、発展途上の文明なのです。宇宙から思いがけずやってきた訪問者と対峙《たいじ》することになったら、かれらは大変なショックを受けるでしょう。提案ですが、夜陰《やいん》に乗じる作戦で女性たちをすばやく解放し、武器にはパラライザーのみを使用するのがいいでしょう」

「夜陰に乗じる作戦？」クィリン・シールドはぞっとしたようにおうむがえしした。

「われわれだけで、パラライザーのみを使用して？　ありえない。船よ、せめて戦闘ロボット百体を使わせてくれないだろうか」

「それは無理です」《ブラディ・マリー》が答える。「あなたたちが希望しなかったので、戦闘ロボットは製造しませんでした。使えるのは多目的ロボット三体のみです」

「では、改造して戦闘ロボットにしてくれ！」シャストル・ドルモンがいった。

「それはもはやできません」船は応じた。「すでにヴィールスは固定され、なににでもなれる能力を失いました。戦闘ロボットをつくることはできません」

「では、どうしたらいいのだ？」ナコシュ・ランジーが憤慨した。「その女たちを見捨てろというのか？」

「なにか策を思いつくでしょう」《ブラディ・マリー》がいう。

「せめてトランスフォーム爆弾を数個、シーマで爆発させられないのか？」コンゼル・チプレーンがいう。「威嚇のためだけでも」

「残念ながら、それは大量虐殺につながります」船は拒絶した。「わたしに助言できるのは、人類の最高の武器を使いなさいということ。それは脳です」

会話の終了をしめすように、船はエネルプシ・エンジンに切り替えた。すぐにパノラマ・スクリーンの映像が変わる。宇宙に花火がひろがるように色鮮やかな模様が、ゆっくり脈動して無限に光り輝く紺色の空に散った。

《ブラディ・マリー》はジェットコースターのごとくはげしく揺れ動きながら、ほかの光の軌道のあいだにあるグリーンに輝く〝レール〟の上を疾走した。このレールは、通常空間では目に見えないプシオン・エネルギーのネットワークの一部をつくりあげていて、あらゆる時空間を縦横にはしり、同時に内側にとりこんでいる。

星間戦闘人六名は沈黙していた……その弟子たちは、いずれにせよ、例外はあるがほとんどの場合司令室にいない。人類が数週間前までは予感すらいだいていなかった、とてつもない光景に、全員が引きつけられている。

《ブラディ・マリー》が四分後に通常空間にもどり、宇宙空間に浮かぶ青白い惑星の前に出てから、ようやく呪縛の力が解けた。

クミン・ザロウは重々しく息をついていった。

「われわれは自立した存在だ、みんな。ひょっとすると、とてもうまくいっている。なぜなら、これによってわれわれの真価を証明するための最初のテストをはたすことになるにちがいないからだ。われわれ、ヴィランとパラライザーを装備し、対監視・対探知システムのついた搭載艇で惑星に降りる。ここの原住種族がどう抵抗できるというのか！　じゃまする者は麻痺させるのだ。そうして女たちを救いだし、搭載艇に乗せ、この友好的でない惑星を去る」

「われわれの弟子は？」クィリン・シールドが口をはさんだ。「かれらはわれわれから学ぶべきだ。この出動に参加させなくてもいいのだろうか？」

「それは危険すぎるだろう」シャストルが反論する。「一部でも命を落としたり、重傷を負ったりすることになったら、かれらの両親にどう説明したらいいだろうか。いや、かれらはここにのこす！　われわれの出動状況は《ブラディ・マリー》のスクリーンで追ってもらおう。船は中継を組んでくれ」

「了解しました」《ブラディ・マリー》はいった。「弟子たちをヒュプノ学習マシンに入れるのはどうでしょうか。《オーキッド》から送られてきたシーマについての情報をそこで伝えます」

「よし！」シャストルはいった。「では、はじめよう！」

＊

《ナゲリア》ではなにかが起きていた。

シガ星人の〝副〟ヴィーロ宙航士たちが、眠る前に軽く瞑想の歌でも歌おうと、せまい共有ルームに入ったとき、船にはげしい振動がはしり、小柄な者たちは吹き飛ばされた。

かれらがエルトルス人の船にいたのがさいわいだったのだろう。ツァルテルテペ在住エルトルス人の体格にふさわしく、もとのヴィールス塊がとくに堅固な構造になっていて、振動に耐えたのだ。さらに、シガ星人たちが設置した副セクションが船内重力を三・四Gからように守られている。しかも、独自の反重力プロジェクターが船内重力を三・四Gから一・二Gまで下降させ……それが副セクションにも働いた。

こうして、わずか数秒でシガ星人四名はまた立ちなおり、活動できるようになった。

デシ・カラメルとタスナイト・レヴェルは生命維持装置を調べ、オリガ・サンフロとタンゴ・カヴァレットは間接観測装置のスクリーンとデータに目をやり、《ナゲリア》になにが衝突したのか確認しようとした。

しかし、底なしの暗闇のほかはなにも見えず、《ナゲリア》の前後にひとつずつ、てのひら大の星雲がぼんやり見えるだけだ。

目が慣れてきてようやく、ヴィールス船のすぐ近くに弱い光源があるのがわかった。いくつかのスクリーンにうつる表面の断片が、銀色のかすかな光のようなものを反射している。

「この近くに恒星はあるか、《ナゲリア》?」タンゴは船に向かってたずねた。

「いいえ」と、《ナゲリア》。「この反射光はわたしを捕らえた媒体から発しているようです」

「〝媒体〟って、なんのことをいっているの？」オリガがたずねる。

「補助概念として使いました」船は説明した。「わたしがどこに捕らえられたのか、まだはっきり確認できないのです。フォーム・エネルギーではないようです。最初はそういった兆候があったのですが。ただ、通常の物質ではありません」

「隣人たちはなんといっている？」タンゴがたずねる。

「よく見て、聞いてください！」《ナゲリア》はシガ星人にうながすようにいった。

副セクションの副司令室に、エルトルス人四名の縮小化したホログラム映像があらわれた。力強い体格にもかかわらず、いくつか打撲と擦過傷を負っていて、けがをした個所にアルコールをすりこんでいる。

「あれはけっこうな衝撃だったな」ウマン・ゾカフが甲高い声でいい、ストラ・カナリのすり傷にスモモ酒を一リットル弱そそいだあと、そのボトルを自分の唇に当てた。喉を鳴らしながら、二リットルを貪欲に口に流しこむ。「原因はすでにわかったか、《ナゲリア》？」

「いずれにしても敵の攻撃だろう」オロス・カラカイはいい、やはり十リットルのボトルからひと口飲んだ。「反撃しなくては。それは明白だ」

「根拠があまりにすくなすぎて、まだ回答できません」ヴィールス船がいった。「ただ、現在、操縦機能が作動しなくなっており、それだけでなく、なにか未知の、目に見えない者に捕まっています」

「目に見えない者も攻撃は感じるわ」ハフィラ・マモックがいう。「全方向への一斉攻撃に賛成よ」

ウマンが興奮してげっぷをした。

副司令室のシガ星人四名はしっかり目をつぶり、両手を耳に当てる。だから、船はかれらの注意を引くために、弱電流でかれらを〝くすぐる〟ことになった。

「なんなの？」オリガは弱々しく声を出した。すると、オロス・カラカイのホログラム映像がすぐ目の前にあらわれ、臆面もなくあくびをしたので、膵臓まで見えるような気がして、オリガは白目をむいた。

「映像をとめてくれ！」タンゴがあえぐようにいった。「洗練されたシガ星人がいかに繊細か、忘れたのか、船？」

すぐにホログラム映像は消えて……当然、音の中継もとだえた。

「わたしにはあなたたちの手助けが必要なようです」《ナゲリア》がいった。「エルトルス人たちはおそらく、トランスフォーム砲と重力ビームの全方向射撃でかまわず反撃するでしょう」

「かれらの要求を拒否すればいい」タスナイト・レヴェルがいう。

「そんなにかんたんにはいきません」と、船。「エルトルス人はきわめて誇り高く……

ツァルテルテペのエルトルス人なら、なおさらです。砲撃をわたしが実行することは拒否できますが、エルトルス人が目標を定めて攻撃をしはじめたら、わたしが武器をとめることは許されません。そんなことをしたら、かれらの精神的な健康がむしばまれるでしょう。わたしがひとえに恐れるのは、この謎の媒体への砲撃が反射され、われわれの破滅につながるかもしれないということです」

「それは好ましくないわ」デシ・カラメルがいう。「でも、どうしてエネルプシ・バリアを使わないの？」

「ためしたのですが、失敗しました」と、《ナゲリア》。「エネルギーがもれてしまうのです」

「困ったな」と、タンゴ。「では、どうすればいいだろうか？」

「エルトルス人がここで会うことを望んでいる、高度に発展した文明の代表者を、あなたたちがよそおうのはいかがでしょうか。ただし、船をはなれないとだめですが」

「だが、そうしたら、われわれはその奇妙な媒体のなかで身動きがとれなくなる」タスナイトが反論する。

「あらゆる予測をたてましたが、それはないでしょう」船が応じた。「ある特定値以下の質量は害を受けないことを確認しました。あなたたちはその値《あたい》に達しません」

「では、われわれを外に出してくれ！」と、タンゴ・カヴァレット。「デンジャーにかけて、隣人たちの啞然とした顔が楽しみだ！」

＊

「われわれ、二手に分かれよう」シャストル・ドルモンがいって、惑星シーマの表面をうつす三次元プロジェクションを投光器で照らした。「ミタル、ナコシュ、コンゼルは、ゴワンダー国の主要勢力に属する最大の群島に降りてくれ……つまりムノアイ島に行くのだ。そこにゴワンダーの首都ムノアイがある。クミンとクィリンとわたしは大陸ブロックの主要勢力であるレトルン国の首都、レトルニアのはしに降りる」

それ以上詳細な説明は不要だった。すべては星間戦闘人たちにヒュプノ学習で伝えられるか、それらにより明らかにされている。

男たち六名はヴィランを着用し、装備を確認した。弟子百二十名は《ブラディ・マリー》の共有ルームでの儀式ばった行動をスクリーンで見て感嘆していた。

ヴィールス船は必要不可欠なことしか話さない。船が介入せず、助言も警告もしてこないのを、シャストルは不思議に感じた。どこか不安をおぼえたが、自分たちが宇宙を飛んできたのは心配性の機関やコンピュータに世話をやいてもらうためではなく、おのれの手で生活していくためだという記憶を呼び起こして、不安を振りはらった。

十五分後、搭載艇はスタート。《オーキッド》のそばをかすめ、音をたてず、目立つことなく、惑星の大気圏に突入した。

そこは美しい世界で……空から見ると、清らかで健やかに見える。しかし、男六名はヒュプノ学習で、シーマではすべてが腐敗していることを知っていた。大気も水もほとんど汚染され、大陸や海の大きな哺乳動物は絶滅し、森は死滅している。気候さえ不安定だ。なによりも、大気中の二酸化炭素含有量が上昇しつづけていて、徐々に大きな変化が生まれようとしていた。温暖化の影響で、五十年後には極地の氷は解け、多くの島や大陸の三分の一が洪水に沈むだろう。のこった土地は、温室効果で巨大に生長した植物におおわれ、突然変異した有害生物やキノコがはびこるのだ。

それより先に、張りあうふたつの権力グループが、この惑星の地表を核兵器によって一掃しなければの話だが。

救いはただ、シーマの全種族が過激な行動とおろかさを克服し、生命にとってきわめて重要な協力関係を結ぶことにかかっている。《オーキッド》の女たちはかれらを改心させようとして、反対に捕まってしまったのだろう。

「ここは断固たる処置が必要だ！」シャストルは辛辣《しんらつ》につぶやいた。「じゅうぶんにたたいてやれば、かれらは分別をとりもどすだろう」

搭載艇は不透明な空気の層に入った。自動探知のスクリーンに海がうつる。ブルーの海面に、グリーンや褐色、グレイの島が点々と見えた。

巨大なコンテナ船が数隻、波をかきわけて進んでいる。しかし、探知機は、高性能技術がなければ見えないような物体があちこちにあるのもうつしだしていた。深海には、潜行中か係留されている潜水艦がいる。核弾頭つきのミサイルを積んでいて、砲撃命令がくだるのと、艦のエンジンの轟音《ごうおん》で世界の滅亡を宣告するのを、ただ待っていた。

「ムノアイ諸島が見えます」搭載艇のポジトロニクスがいった。

シャストルは前方スクリーンを見やった。

搭載艇は、いまは高度わずか百五十メートルを飛んでいた。南の水平線に波頭が泡立ち、アーチ形にひろがっている。ムノアイ諸島にちがいない。

ミタル・ボウィス、ナコシュ・ランジー、コンゼル・チプレーンが立ちあがり、床のはね戸のそばにならんだ。目を見ひらき、顔は蒼白になり、こめかみに汗が浮いている。

「責務をはたすのだ、みんな！」シャストルがいった。

「わかっている」ナコシュがかすれ声で応じる。

数分後、そのときがきた。搭載艇は都市ムノアイにある公園の緑地から高さ二十メートルの位置で静止。はじめの三名グループが反重力装置を作動させて降下した。

「早くわれわれの順番もくるとうれしいが」シャストルはいい、クィリン、クミンが沈黙しているのをいぶかしんだ。

半時間後、搭載艇が都市リトルニアのはしでとまり、はね戸がまた開くと、シャストトルも寡黙になった。理由はわからないが、気分が悪い。飛びおりるときには下着が湿ってしまった。怒りと恥ずかしさで反重力装置のスイッチを入れるのを忘れたが、運よくヴィランは〝思考する〟宇宙服なので、かれがなにもせずとも自動で作動した。

仲間ふたりのあいだに着地する。そこは柵にかこまれた緑地で、弾薬庫のベトンのビルが長く単調な列になっていた。歩哨二名が柵の両側に沿ってパトロールしているが、ヴィランにはデフレクターがついているので、星間戦闘人たちのことは当然、見えていない。

弾薬庫については、男たちはヒュプノ学習で知っていた。《オーキッド》は着陸場所として根拠なく弾薬庫を選んだわけではない。徹底的に調査していた。そこはつまり、レトルン軍の精鋭部隊の主基地のすぐ近くだったのだ……両歩哨のあいだには地下への連絡坑道があった。主基地への唯一の出入口だから、地雷は設置されていないはず。

しかし、なによりも重要なのは、精鋭部隊の主基地に《オーキッド》の、大陸に着地した女ヴィーロ宙航士の全員が捕らえられていることだ……生きていればだが。

シャストルは湿った下着を脱ぎすてたいという衝動をこらえ、指示をくだした。

「パラライザーの発射準備！　あとにつづけ、みんな！」

かれは武器をしっかりつかむと、連絡坑道の出入口のほうを向いた。左隣りでクィリンがパラライザーを落とし、それにつまずいた。クミンは動かず、わけのわからないことをいっている。

「なにをそこでぶつぶついっているんだ？」シャストルはクミンを叱り、見つけたばかりの坑道の出入口をさししめした。

「われわれ、見つかった！」クミン・ザロウはささやき、パラライザーをかかげた。

「そこだ！」

銃身で歩哨たちの方向をしめす。兵士二名が立ちどまっていた。銃を発射モードにし、四本脚の獣が走るのを見つめている。獣は明らかに、星間戦闘人たちがいる場所に向かっていた。

「犬だ！」ザロウがいった。「牧羊犬だ！　われわれを嗅《か》ぎつけたんだ！」

シャストルは牧羊犬についてはぼんやりとしか聞いたことがなく、この動物の鋭い嗅覚についてはなにも知らなかった。しかし、いますばやく行動しなかったら、この犬のせいで任務が達成できなくなるだろうとは感じた。

すばやい行動は可能だった。搭載艇がまだ不可視の状態で着陸地点の上にいるからだ。一方、第一グループのためにはべつの搭載艇を退却用に用意してある。

クミンがパラライザーを連射。牧羊犬は引っくりかえり、のびて動かなくなった。

レトルンの歩哨が銃を発射し、耳をつんざくような轟音がした。ヴィランのパラトロン・バリアが自動的に作動する。だが、星間戦闘人三名はこの銃撃で精神的に動揺し、あわててそれぞれべつの方向に走りだした。

冷静さをとりもどすまでに貴重な時間がむだになり、歩哨たちは姿を消した。かわりに主基地の建物や武器庫のあいだから、武装した制服姿の者たちがあふれでてきた。

「坑道へ！」シャストルがヘルメット・テレカムで叫ぶ。「そこが生きのびる最後のチャンスだ！」

急いであたりを見まわし、あらためて坑道を発見すると、飛翔装置のスイッチを入れて突進した。わきから仲間も飛んできて、自信がまたよみがえってくる。

しかし、それは間違いだった。坑道の出入口に到達したとき、そこから二名の歩哨があらわれたのだ。シャストルはひどく驚いた。デフレクター・フィールドの内側にいれば、だれにも見られることはないと確信していたのだが。歩哨は明らかに、いつ、どの方角からヴィーロ宙航士たちがくるか、正確にわかっていた。

シャストルはわけがわからない。だが、後方に目をやり、納得した。自分たちが緑地のすぐ上を飛んだとき、渦になったシュプールを背の高い牧草地にのこしていたのだ。

歩哨の銃がまたはげしい音をたて、耳と神経がやられた。しかし、今回は星間戦闘人たちも反撃する。歩哨たちはからだが麻痺して倒れた。

それ以上抵抗されることなく、星間戦闘人たちは坑道に駆けこんだ……ところが、そこは罠のただなかだった。敵は予測をたててよく観察し、賢く策略を用いたのだ。歩哨たちとの戦いで、こちらが坑道に侵入したことを悟り、不可視の敵だという情報を得て、擲弾《てきだん》を使い、坑道の出入口を数秒間で粉砕したのだ。その後、装甲車輛を坑道の上やその周囲に密着してならべている。これほどのバリケードは不可視の者でも突破できない。

「さて、どうする？」クミン・ザロウが地下でいった。

クィリンとシャストルは答えなかった。しかし、星間戦闘人の三名は全員、自分たちが自信過剰になってまわりの世界を過小評価していたことを理解しはじめていた。

＊

《リュルリュビュル》の乗員たちは、船にはげしい振動がはしったとき、ともに食事をしている最中だった。テーブル、椅子、皿、ナイフやフォーク、ごちそうとブルー族が飛ばされ、食堂は想像できないほどのカオス状態に変貌した。

その後、しばらくして静寂が訪れた。

オ＝ビュリュクスはようやく冷静さをとりもどすと、テーブルクロスの下から慎重に這いだした。偶然、引っくりかえらずにすんだ皿やフォークなどを、うっかり落とさないように気をつけたのだ。貴重な珍味がむだになったのが、とにかく許しがたい。ショックを受けて憤慨し、ブルー族の迷信に出てくるすべての被造物に向かって呼びかけた。

皿頭をクロスの下から突きだしたとき、もうひとりの皿頭とぶつかり、鈍い音がした。

「イ＝ステュリュクス！」痛そうにさえずる。「ここにはいくらでも席がある。どうしてよりによってこの場所で、きみのプディングの皿を宙にほうりあげたのだ？」

「同じことをわたしも訊きたい、オ＝ビュリュクス」イ＝ステュリュクスは気分を害したようにいった。「プディングの皿だと！　では、きみの頸にのっているのはなんだ？空の容器じゃないか？」

なにか、たたくような音がした。

それはフリュテュテュの手だった。船内に二十一名いる女ブルー族のなかでもっとも抜け目がなく、まるまるとしている。彼女はその太った外見が気にいっていた。というのも、出産の最高記録を達成して表彰されたからだ。しかし、今回はまた卵を生んだわけではなく、壊れたテーブルの下から這いだすと、グルウ虫の内臓があふれんばかりに入った皿に左手を力強く突っこんだ。

ほぼ同時に、オ＝ビュリュクスとイ＝ステュリュクスもあわてて向かって皿に這っていき、彼女の前で膝をつき、両手でごちそうを口に詰めこむ。

フリュテュテュは指をなめると、状況の深刻さを思いだし、なじるようにさえずった。

「あなたたち、頸なしね。いったいなにを考えているの！　船がばらばらになっているというのに、食欲を満たす以外に、もっとましなことはできないの！」

オ＝ビュリュクスとイ＝ステュリュクスは驚いて身をすくめた。前方の目一対をフリュテュテュに向け、後方の一対で、食堂のあちこちでテーブルや椅子、クロス、食器の下から這いだそうとしている仲間をじっと見つめた。

遠征リーダーの二名は、自分たちの権威が傷つきかかっているのを悟った。勢いよく立ちあがり、元気になるような言葉をふた言三言さえずると、食堂を去り、司令室に急いだ。すべてが順調に進んでいるか、たしかめるためだ。フリュテュテュがうれしそうに皿の中身に向かう姿はもはや見ていない。

オ＝ビュリュクスとイ＝ステュリュクスは司令室に駆けこみながら、息をのむような光景がくりひろげられているのではないかと恐れていた。しかし、パノラマ・スクリーンには銀河間空虚空間の暗闇がどこまでも遠くひろがり、《リュルリュビュル》の両側にそれぞれひとつずつ、ぼんやり星雲がうつっているだけだ。それを確認すると、ほとんど失望を感じた。

「いったい、なにがあった、船？」オ＝ビュリュクスがたずねて、可変シートにすわりこんだ。

「どうやら、説明のつかない未知者に捕らえられたようです」ヴィールス船は答えた。

「探知技術でも光学機器でも、先に把握することはできませんでした。突然、吸引力が発生し……われわれはそのなかにはまっています」

「船の損傷ははげしいのか？」イ＝ステュリュクスがいった。

「外側の船殻はいくらかゆがみましたが、ほかは問題ありません」船が答える。

「問題ないだと！」イ＝ステュリュクスが憤慨してさえずった。「いつわりの黄色い被造物にかけて！　食堂では……」

「それはいまは重要ではない！」オ＝ビュリュクスが頭ごなしに叱った。「われわれは立ち往生している。わかるだろう？　それなら、その未知者のところにどうやれば行けるのか、考えることはできないか？　われわれにメッセージつきのモルケックス小惑星を送ってきた者だ」

「まさに、その該当ポジションに到着しています」船が伝えた。

「まさに到着しているだって？」オ＝ビュリュクスがわれを忘れていい、パノラマ・スクリーンをにらみつけた。「グリーンの砂の被造物にかけて、いったいどこにその未知者がいる？　われわれ、銀河系とアンドロメダ銀河のあいだの空虚空間のまんなかにはまっているのではないか？」

「そのとおりです」《リュルリュビュル》が認めた。「ですが、望みのポジションにいるのです。その未知者に、われわれは停止させられたのかもしれません」

「エネルプシ航行のあいだに？」イ＝ステュリュクスがたずねる。

「はい。ただし、どちらにしてもわたしは通常空間にもどろうとしていたのですが」

オ＝ビュリュクスはまばたきし、それからいった。

「わたしの勘違いだろうか。船のまわりにごくかすかに光の環がかかっているが？」

「そうです」《リュルリュビュル》が説明した。「外殻が光を反射しています……ただし、外側の光子放射は測定できませんが。エネルプシ・バリアを張ったほうがいいでしょうか？」

「いや、必要ない」オ＝ビュリュクスが答える。「間違った結果につながるかもしれないからだ。計算していたポジションにわれわれが本当にいるなら、未知者はその姿が見えないとしても、きっと近くにいるのだろう。船よ、イーストサイドのもっとも美味なごちそうの映像を、かれらに送ってくれ。ひょっとすると空腹をおぼえて、連絡してくるかもしれない」

「了解しました」船は応じた。

7

なにかが輝く光線のようにかれの意識に沈みこみ、ふたつのことを引き起こした。かれはふたたび自分がだれなのかわかった。さらに、近くにいるのがだれなのかもわかった。

かれの名はシャドウ・ジャベリン。〝ララバイの幸せ者の宝〟を探すノーマッドだ。シャドウ・ジャベリンというのが自身の本名ではないのは知っていたが、気にならない。なぜなら、いずれにしても本名というものを一度も使ったことがないのを思いだしたからだ。本名はとっくに忘れてしまった。あとから使ったほかの名前と同様に。

それよりずっと重要なのは、バンシールームという姉がいるのを思いだしたことだった。

ゆっくり周囲を眺めていく。

ガラスのように透明で、ガラス程度のかたさを持つもののなかに自分がいるのがわかった。すくなくとも足もとにはしっかりした床があるのを感じる。

さらに、ぼんやり光る物体が三つ見えた。ガラスのようだが、まちがいなくガラスではないもののなかに不規則に散らばっていて、たがいの距離は何キロメートルもあり、かれ自身からも数キロメートルはなれている。

近くでなにかが光った。

ガラスの壁のかけらが、自身の周囲をめぐっているかのようだ。

とても美しい女がひとりあらわれた。身長一・七〇メートル、痩軀《そうく》で高貴な顔立ち、赤銅色の髪、ビロードのような褐色の肌。セランに似たコンビネーションを着用している。

バンシールームだ！

「バンシー！」シャドウは愛称で呼びかけ、手をさしだした。

バンシールームはかれを見つめたが、その目はなにもとらえていないようだった。

ペルウェラにかけて！　彼女の肌は金粉を振りかけたかのように輝いている！

「あなたはだれ？」彼女はたずねた……その声は楽園の鳥の歌声のようだった。

「おい、バンシー！」かれは呼びかけた。「わたしはシャドウ、きみの弟だ！　わかるだろう！」

「シャドウ？」と、バンシールームはくりかえしてささやき、自分の心に耳をすました。

「なじみのある名前のようだわ。でも、わたしの精神はまだ半分、暗闇につつまれている。ようやくそこからあがってきたばかりなの。ええ、わたしには弟がいる……弟を探していた。あなたがわたしの弟なの？」

「もちろん、わたしが弟だ」シャドウは答え、懇願するように腕を振った。「またいっしょになれるなんて、運命に感謝するよ。さ、行こう！」

「わたしもうれしいわ、またあなたに会えて」バンシールームはいい、臆病そうに動きはじめた。「塔のなかはとても寒かったの。あまりに寒くて、孤独で……とても暗くて深かった。宇宙の底よりも深かったわ」

指先で弟の指に触れる。シャドウはバンシールームの指から流れる冷気に愕然とした。しかし、手を引っこめることなく、彼女の手をそっと握った。やさしく姉を引きよせて抱きしめると、その髪をなでる。

「きみとまたいっしょになれて、本当によかった、バンシー」かれはささやいた。

彼女はゆっくりかれの腕からはなれたが、いやいやながらではない。ほほえみながらいった。

「ええ、わたしもうれしい。だけど、わたしたち、どこにいるの？」

「まだわからないんだ」シャドウは認めた。「だが、心配しないでいい。わたしが解決するし、船も用意しよう」

「船？」バンシールームはくりかえした。「なんのための船？」

「捜索をつづけるための。ララバイの幸せ者の宝を探すんだよ、知っているだろう！　いっしょに捜索をつづけよう」

「ララバイの幸せ者の宝？」と、バンシールームは考え、小声でいった。「その宝を、幸せ者から奪うつもりなの？」

「それはわたしのものだから」かれはいった。「遺産なのだ。もともと、わたし自身の名前がララバイの幸せ者で……」かれはかぶりを振った。「いや、それも本名じゃないな」

「なんだか夢のなかにいるみたいだわ」バンシールームはいった。「なにもかも変えられていて、たしかなものはなにひとつない。でも、それもどうでもいいこと」

「夢？」シャドウは考えこんでくりかえした。「われわれが夢のなかの登場人物にすぎないということかい、姉さん？」

バンシールームの顔にほほえみがよぎる。

「いいえ、これは夢じゃないわ。それ以上はわからない。わたしたちは現実に存在する。ただ、ほとんどが、夢のなかの出来ごとと変わらないの」

「これ以上長くはつづかないよ」シャドウはいった。「きみも感じるだろう？」

「ええ、感じるわ」と、バンシールーム。「明るさが増している。もうすぐわかるわ」

「そうだな、すぐだ！」ノーマッドはささやき、姉の手をとった。

8

なにかが身のまわりで起きているような気がしたが、彼女にはなにも見えなかった。目を開けることができなかったのだ。

いま感じるのは、なじみのない動きばかりだった。なにか尋常でないことが起きているのではないだろうか。やわらかく心地いいところで横たわっている。それはいつものベッドよりも、やわらかく心地よかった。たくさんのちいさな動きがからだに触れてきて、気になる。直接的に不快なものではなかったのだが。

そして、彼女のなかには……

突然、思いだした。

自分はひとりではないのだ。

胎内であらたな生命が育まれている。ペリーと自分の子供。女の子だ。ようやく妊娠三ヵ月で、まだだいじにしなければならない。精神の目の前に、想像どおりの子供の姿が浮かびあがる。

その子はほほえんでいた。

安心させてくれるようなほほえみだ。

ゲシールもほほえみかえした。

そのとき、なにかが額に置かれて、ぎくりとする。

しかし、こうして驚いたおかげで、目を開いてものを見ることができた。驚きでゆがんだ顔に笑みがもどる。

「ペリー、いとしい人！」彼女はささやいた。

「休んでいるといい！」夫の声は相《あ》いかわらず感じがよく心強い。「ハースから、体調がよくなったと聞いた。もちろん、あくまでも医師の客観的な所見にすぎないことはわかっている。本人はぐあいが悪いかもしれない。だが、心配無用だ、子供のこともな」

「わかっているわ」彼女は応じた。

夫は額から手をはなし、たしかめるように彼女をじっくり眺めた。

「わかっているのか？」かれはやさしく笑った。「これは失礼！　母親は自身の胎内で育つ生命のようすを感じるということを忘れていた。母親はとにかく、医師よりもよくわかっているものなのだろう」

ゲシールも笑ったが、不安そうな響きがこもっていた。

夫はすぐにそれを感じとり、眉間にしわをよせた。

「どうした？」かれはたずねた。やさしい口調だが毅然としていて、ゲシールは弁解をしてもむだだと感じた。

「あなたにはなにもかくせないわね」ためらったあと、嘆息していった。「いいわ。よくわからないんだけど、なにか心の奥底でくすぶっているような不安が消えないのよ」

「それで？」夫はつづきをうながした。

また彼女は嘆息した。

「ときどき幻覚を見るの。彼女がわたしになにかを伝えようとしているのではないかという気さえするわ」そうつけくわえ、彼女は赤くなった。

「彼女？」ローダンはくりかえした。

「わたしたちの娘よ」と、ゲシール。

「そうか！」かれは困惑したようにいうと、かがんで妻にやさしく口づけをした。「わたしはだめな夫だ」後悔しているように告白する。「きみが母として成長するのを助けるのが、わたしの義務だというのに。結局、きみははじめて母親になるのだからね。わたしのほうは何度か父親になっているから、きみより多少は経験豊かだ」

かれは妻の頬をなでていった。

「母親と胎児とのあいだには親密な関係があって、ときには感情移入したコミュニケーションのようなものが生まれるのは当然のこと。だから、心配しないでいい。それどころか、よろこぶべきだ。とにかく、妻がすでにわたしの娘と仲よくしているようで、うれしいよ」

ゲシールはほっとして笑顔になると、夫を指さしておどすようにいった。

「〝わたしたちの〟娘でしょう、ペリー！　でも、これ以上、わたしのちいさな心配ごとであなたをわずらわせたくないわ。ポルレイターとはコンタクトできたの？」

「いや。だが、すでにM‐3のすぐそばまで接近し、進入の準備をしているところだ」

かれは突然、まだ違う話題に気持ちを切り替えられないかのように訊いた。「ポルレイターが問題を起こすのではないかと恐れているのか？」

「直接的にではないけれど」彼女はいった。「ポルレイターたちに再会できるよろこびを純粋に感じるよりも、三年前、かれらに突き落とされて味わったひどい困難をいままでも忘れられなくて、そちらのほうをつよく感じるの。お願い、約束して。新モラガン・ポルドの五惑星施設への接近には、ものすごく用心すると！」

夫はうなずいた。

「約束するよ」真顔でいう。「だが、まだここで休んでいてくれ。ただ経過観察のためだ、いいね。ハース・テン・ヴァルがいれば安心できるだろう」

ゲシールはかぶりを振った。

「ペリー、わたしが安心できるのはあなただけよ」彼女はそういうと、夫の別れの挨拶に応えた。

かれがいなくなると、彼女はほっとしてうしろにもたれた。目にはよろこびが宿っている。

「そう、ペリーだけだわ」と、幸せそうにつぶやいた。

*

「ゲシールは問題なかった」ペリー・ローダンは司令室に入り、仲間たちの問いかけるような視線に応えた。「子供も順調だ。賢い子だよ」

「賢い子」ウェイロン・ジャヴィアはおうむがえしにいい、不思議そうにローダンを見つめた。「知能テストでもしたのですか、ペリー？」

まわりで笑いが起きた。

ローダンは自分が赤面したのに気づいて、話題を変えようと考え、呼びかけた。

「ハミラー！」

「いつでもどうぞ、サー」ポジトロニクスが気どった口調で応えた。「どんなご用ですか？」

ローダンはパノラマ・スクリーンの前方セクターを探るように見つめた。《バジス》はまた通常空間をはなれてハイパー空間に入り、新モラガン・ポルドに向かって飛んでいる。もちろん、五惑星施設は探知技術でも光学的にもとらえられていない。それでも、かすかにグリーンに光るラインでできた網目のちょうど中心に、深紅の恒星がひとつ輝いている。これは記録映像ではなく、ハミラー・チューブの記憶からつくったプロジェクションで、《バジス》司令室の男女を心理的に支えるためにうつしだされていた。

「サー?」ポジトロニクスは思いださせるように呼びかけた。

ローダンはまた、大きな〝H〟がちらつく画面のほうに振りかえった。

「《バジス》にブルー族のシ＝イトがあらわれたのを知っているな?」ローダンはたずねた。

「わたしの目はしっかり開いていますよ」ポジトロニクスは答えた。「シ＝イトはあなたの十一・五三メートル右側に立っていて……右手に缶をひとつ持っています」

「そのなかには、比類なく美味で毒のない、よろこんで食べられようとするムウルト・ミミズがいて、食べてほしいと懇願しつづけています」ローダンにはすでになじみの、くぐもった陰気な声が響いてきた。「わたしを食べなさい、シ＝イト! わたしをあなたの一部にするのです!」

「むしろ、飢え死にしたほうがましだ」ブルー族は応じた。「陰険な青い被造物しか考えつかないような卑劣なトリックにはだまされないぞ」

「たのむから、やめてくれ!」ローダンはいいかげんに話を終えるように注意すると、

Hの文字がうつる画面に向きなおった。「ハミラー、シ＝イトの登場と、船内の技術障害とのあいだに因果関係がある可能性は？」

「いまのは正確な質問ではありませんね」ポジトロニクスはとがめた。「わたしが知るかぎりでは、シ＝イトの登場と、船内の技術障害とのあいだに因果関係はなさそうです。ブルー族がプシオン能力を使いこなせるなら話はべつですが。ただし、裏づけとなる根拠がまったくありません」

「まったく、きみは熱い粥《かゆ》の周囲をまわる猫のように用心深いな」ローダンは批判するようにいった。

「明確に自分の考えを伝えようとしているだけです」ポジトロニクスは批判をはねつけた。「くりかえしになりますが、シ＝イトの登場と、船内の技術障害とのあいだに因果関係はありません。ただし、時間的な関係はあります。シ＝イトの《バジス》への移乗に責任があるのは確実に〝それ〟だと考えられるので、時間的つながりから、技術障害が〝それ〟によって引き起こされた可能性もある程度は考えられます」

「でも、どうしてそんなことを？」サンドラ・ブゲアクリスが口をはさむ。

「シ＝イトの出現に、より重みをあたえるためです、ご婦人」ハミラーは答えた。「心理的なトリック、ただそれだけのことですよ」

「いつか船からこのブリキ箱をとりはずして恒星にほうり捨てる方法を探してやる！」

レオ・デュルクが悪態をつく。

「ハミラーの脳がわたしのなかに組みこまれているかどうかも知らずにですか？」ポジトロニクスが問いかける。

「そのずうずうしい不遜な態度にいらいらさせられて、そんなことはどうでもよくなってしまうんだ」兵器主任は答えた。「はっきりいうと、わたしは……」

「警報！」放送設備の全スピーカーから響いてきた。「通常空間に再突入し、新モラガン・ポルドのすぐ近くに到着するまで、のこり三十秒！　刻々と迫っています！」

「全員、位置につけ！」ローダンは自分のシートに急いだ。

「念のために防御バリアを作動させましょうか？」ポジトロニクスはたずねた。

「不要だ！」ローダンはシートに腰をおろした。「その用心は的はずれだろう。ポルレイターがわれわれに深刻な危害をくわえようとしたら、そもそもバリアも役にたたない。この状況下では、いわばかれらに身をゆだね、信頼をしめすほうが心理的に賢明だ」

「いい考えです、サー！」ポジトロニクスは賞讃したが、突然つけくわえた。「ただし、今回の障害が〝それ〟によって引き起こされたということをしめす具体的な証拠はひとつもありませんよ」

この言葉に当惑したのは、ペリー・ローダンだけではなかった。しかし、この瞬間、《バジス》は通常空間に復帰。グリゴロフ層は消え、パノラマ・スクリーン前方の〝記憶プロジェクション〟が現実のものに切り替わる。

目に見える光景には変化はなかった。

赤色巨星アエルサンが、血のように赤い炎の玉として以前と変わらずに姿をあらわす。それでも《バジス》司令室の男女には、まったく異なるものに見えた。しかし、その違いは意識のなかだけのもので、恒星アエルサンが現実に船の前方、宇宙空間にあるとわかったことで引き起こされたのだった。

とはいえ、これでまた宙航士たちはさらに神経質になり、ハミラー・チューブが警報段階イエローを発したとき、かれらは電気ショックを受けたように跳びあがった。新モラガン・ポルドの五惑星のほかに……すぐには特定できない大きな一物体がパノラマ・スクリーンにうつしだされる。

「おちつくのだ！」と、ペリー・ローダンはすわりなおした。

それ以上いう必要はなかった。そこにいる全員がわかっている。警報段階イエローは、まだ具体的な脅威に船が脅かされているわけではなく、ただたんに予測せぬことについて警戒態勢の強化が必要だと伝えているだけだ。

「探知がとらえたのはなんなのだ、ポジトロニクス？」ウェイロン・ジャヴィアは動揺を見せずにたずねた。

「いろいろあります、サー」ハミラー・チューブは答えた。「電波望遠鏡を思わせるかたちの巨大な物体がちょうど百個、アエルサン星系に点在しています。フォーム・エネルギーと、ホワルゴニウムやセクスタゴニウムといった稀少素材でつくられているようです。探知では全五惑星で強い通常エネルギー活動も測定しました。正確にはまだわかりませんが、高圧で作動する生産施設が関係しているようです」

「そんな活動は、ポルレイターにまったく合わない」ラス・ツバイが指摘した。グッキー、オリヴァー・ジャヴィアとともに司令室の奥の予備シートにすわっている。「なにかとんでもないことが起こったにちがいない」

「外部からの強い力が働かなければ、ポルレイターはきっと、そのような生産活動をしないだろう」フェルマー・ロイドも同意をしめす。テレパスは、デネイデ・ホルウィコワの隣りに立ち、魅惑されたようにパノラマ・スクリーンを見つめていた。「恒星アエルサンのすぐそばにまだなにかある、ハミラー。あれはなんだ？」

「輸送がおこなわれているのです、サー」ポジトロニクスは答えた。「長さ十キロメートル、幅一キロメートルの巨大なメビウスの帯のようなものが、複数の黒い宇宙船によってアエルサンのコロナのほうに曳航《えいこう》されています。軌道に配置されるのでしょう。フォーム・エネルギーでできています」

「だが、なんのために？」ペリー・ローダンがたずねた。「いったい、なんなのだ？」

「それはまだ説明できません、サー」と、ハミラー・チューブ。

「われわれ、こないほうがよかったのでは?」レス・ツェロンが問いかける。

「せめてポルレイターに通信連絡するべきだ」ジェフリー・ワリンジャーがいう。

「だめだ!」ローダンは決断した。「われわれ、手をくださない。ポルレイターは技術的な方法で、《バジス》の到着にとっくに気づいている。悪事をたくらんでいれば、とうにこちらを消滅させていただろう。船がまだ存在しているということは、測定された活動はわれわれに対抗するためのものではないと考えていい。しかし、ポルレイターはきっと、かれらがしかけたものにこちらがどう反応するか、待ちかねているはず。同情的な嘲笑を浴びるきっかけをわざわざ提供したくない」

「心理学的にまちがいなくみごとな解釈ですね」ポジトロニクスがいう。「それでは、具体的にはどんな指示を出しますか?」

ローダンはほほえんだ。

「《バジス》をユルギルの周回軌道に入れろ、ハミラー! 搭載艇の準備を! 少人数のグループを連れてポルレイターの主惑星に着陸する」

それは正しいやり方だろうか、と、かれは考えた。運を天にまかせてポルレイターの前に船を突きつけて、わたしは責任を持てるのか? むしろ、妻やこれから生まれる子供のためにも、ようすをみたほうがいいのではないだろうか?

かれはかぶりを振った。

いまとなってはいろいろ考えても無意味だ。それに、自分は唯一正しい可能性のある決断をしたと確信している。ポルレイターといい関係を築くためには、殴られた犬のようにこそこそ周囲を這いまわるわけにはいかない。五惑星の心臓部に突入し、深淵の騎士に期待されるような自信に満ちた行動をしなくてはならないのだ。

緊張してパノラマ・スクリーンを見つめる。《バジス》は加速し、恒星アエルサンの第二惑星にコースをとった……

9

「われわれの手もとにはまだデトネーターがある」シャストル・ドルモンはそういって、粉砕の轟音がかれと仲間ふたりの頭上で響きわたったとき、思わず身をかがめた。

「しかし、あれは緊急の場合に壁を破壊するためのもの！」クィリン・シールドは反論した。「騒々しいなかで会話をするためには、叫ばなければならない。「だれかを殺すための道具ではない……装甲車輛に用いれば、そういう結果が導かれるのだぞ」

「坑道が崩れるまで、なにもしないで待っているのか？」クミン・ザロウが大声をあげる。

「そのときはパラトロン・バリアがわれわれを守ってくれるだろう」クィリンが答える。

「だが、われわれは星間戦闘人だ！」クミンはかっとしていった。「われわれに対する恐れを敵にいだかせるべきだ」

敵か！　と、シャストルは思った。いったい、敵とはだれのことなのだろう？　レトルンの兵士か？　女たちを捕らえてその数名を殺したから？　かれらを解放しようという者たちをひどい目にあわせたから？　しかし、結局、かれらを挑発したのは女たちやわれわれだ。女たちがゴワンダーの諜報員ではないと、どうしてかれらにわかっただろうか？　わかるためには、宇宙には自分たち以外にも知的生物がいて……さまざまな種族が星間旅行をしていると知っていなくてはならないのだ。

「恐怖というのは、まずい助言者だな」轟音がやんだときにかれはいった。「《オーキッド》の女たちが捕らえられたのは、シーマ人が彼女たちを恐れたから……われわれが窮地におちいっているのも、やはり恐怖を持たれたからだ」

「そうかもしれないな」と、クィリン。「しかし、われわれ、無防備に原住種族の前に出ていくことはできなかった」

「かれらをだれひとり傷つけないためだからと、こちらが降伏することもできない」クミンはいう。「われわれが宇宙からきたことも知られてはならない」

「どうしてだ？」シャストルは声に出して考えた。「いい刺激になるかもしれないぞ。旧暦の二十世紀にアルコン人がルナに着陸したとき、そのせいで人類が滅びることはなかった。それどころか、人類にとっての宇宙時代のはじまりになったのだ」

「当時は状況が違った」クィリンは反論した。「アルコン人たちはペリー・ローダンを味方につけたし……ローダンでさえ、すべてを破壊する核戦争から地球を救うのに苦労した。当時の権力者は、自分たちの敵をアルコン人が掌握《しょうあく》することを恐れて、核戦争を引き起こそうとしたのだ。シーマ人におけるペリー・ローダンがわれわれと引き換えに勝利するのを、ここで待っているわけにはいかない」

シャストルはかれに賛成したかったが、黙っていた。この瞬間、また装甲車輛による粉砕と轟音がはじまったのだ。手詰まり状態だとあきらめて認めるしかなかった。坑道が崩壊したとたんに逃げおおせる可能性は高い。シーマ人はすくなくともパラトロン・バリアを崩せるような武器を持っていないからだ。しかし、それでは《オーキッド》の女たちを救うことはできない。反対に、シーマ人が〝解放者〟をとりにがすことになれば、いずれにしても自分たちはその尻ぬぐいをさせられるだろう。

「おろか者め！」かれは叫んだ。

「なんだと！」と、クミンがどなりかえす。

「われわれ、全員がおろかだった！」と、シャストルは叫んだ。

轟音がしだいに弱まり、とうとうしずかになったとき、かれは驚いた。それはまるで宇宙が存在をやめたかのような完全な静寂だった。

「自己認識こそが、回復に向かう最初の一歩」だれかがささやいた。

「まったく利口なコメントだな！」クィリンがあざける。「それが《オーキッド》のあわれな女たちになんの役にたつ？」

「まさに」と、クミンは同意をしめして、唖然とした。「シャストル？　自己認識がどうのこうのと、きみがいったんだよな?」

「いや、いっていない」シャストルはいい、やはりけげんな表情になった。「じゃ、だれがいったんだ?」

「わたしです」同じ声がいった。

三人は目を見ひらき、坑道の天井下に浮かぶ、こぶし大の卵のような物体を見つめた。その表面では、見る者の意識を惑わすように色が変化しつづけている。

シャストル・ドルモンが最初に冷静さをとりもどして、抑揚のない声でたずねた。

「いったい、なにものだ?」

「ハルノか?」クミン・ザロウはささやいた。「ハルノかもしれない。アッカローリーの宇宙からきたエネルギー生物の描写は、これとよく似ている」

「しかし、ハルノは〝それ〟に統合されなかったか?」クィリン・シールドがいう。

「わたしはハルノという名前ではありません」ふたたび声が響いた。「自分の本当の名前も、なんと呼ばれていたのかもわからない。それでも、あなたたちを助けましょう」

「きみが?」クィリンはおもしろそうにいった。「宙に浮く卵が! どうやってわれわれを助ける?」

「すでに、あなたたちがひと息つけるようにしました」卵が説明した。「坑道は無人です」

「たしかに、ひどくしずかだ」と、クミン。「装甲車輛と兵士はどうなった？」

「いません」卵は説明した。「まだ、くる前です。いるのは牧羊犬と歩哨二名だけ。今回はパラトロン・バリアが作動しているから、犬に嗅ぎつけられることもありません。《オーキッド》の女たちを解放しにいけばいいだけです」

「時間をもどしたのか！」シャストルが推測した。

「どんな方法を使ったのかは、どうでもいいこと」卵は応じた。「重要なのは、わたしがあなたたちと……女たちを助けることだけでは？」

「そのとおりだ」シャストルは認めた。「だが、どうして助けてくれるのだ？」

「あなたたちが自分で、略奪や恐怖の拡大に向いていないと気づいたからです。あなたたちは外部からの影響を受けて、自分たちにそぐわないものに手を出してしまった。しかし、あなたたちは暴力の行使に対する嫌悪感を見せました。だから、二度めのチャンスがあたえられるのです」

「感謝するよ」シャストルは頭をさげた。「で、ムノアイ島に上陸した仲間は？」

「かれらにも同じことがあてはまります」卵は答えた。「同じように二度めのチャンスをあたえられるでしょう」

「ああ！」クミンは声をもらした。「ではそこにも、きみのような救い手がいるのだな！」

「いいえ」と、卵は応じた。「わたしは唯一無二の存在ですから」


「しかし、同時に二カ所にいることはできないはず！」クィリンは混乱した。

「これ以上、むだな質問はやめなさい！」卵はせかした。「ここでは時間はたっぷりありますが、待っている者たちにとっては、一分一秒がだいじです。女たちを連れだしなさい！　だれもあなたたちの声を聞いたり、姿を見たりできないようになっています。女たちと搭載艇に行き、《ブラディ・マリー》と《オーキッド》にもどり、記憶クリスタルで判明した座標に向けてコースをとるのです！」

「では、きみがあれをわれわれに送ったのか？」シャストルは驚いてたずねた。

「時間が過ぎていく……さ、行って！」卵はそういうと、姿を消した。

この瞬間、周囲の音がまた聞こえるようになったが、それは装甲車輛のエンジン音などではなく、風のざわめきや鳥のさえずり、はるか彼方から響く歌声だった。

「もう二度と星間戦闘人にはならない！」シャストル・ドルモンは恥じ入ってささやいた。「このチャンスを利用しよう、友よ！」

＊

「機能しない！」オリガ・サンフロは必死に叫んだ。「通常通信もミニカムも通じない」

「小型プシカムを持ってこなかったのが残念だわ」デシ・カラメルはいった。「あれがあったら《ナゲリア》と連絡がとれたでしょうに」

シガ星人の副ヴィーロ宙航士四名は、ヴィールス船の助言にしたがって《ナゲリア》を降りていた。飛翔装置を使い、船から遠くはなれたところに移動している。船は、大昔のテラのかなとこのようなかたちの輪郭がぼんやり光って見えるだけになっていた。

「明るくなってきた」タンゴ・カヴァレットは指摘した。「わかるか？　なにか意味があるのかもしれない」

「コンタクト！」オリガが呼びかける。「ミニカムが通じたわ！」

「うっかり映像中継のスイッチを入れるなよ！」タスナイト・レヴェルが警告する。

「しっ！」オリガがいう。

ミニカムの画面に一エルトルス人の顔がうつった。オロス・カラカイだと、彼女はわかった。

「われわれの周波で呼びかけるのはだれだ？」オロスは大声でいった。

「グリーンの小人よ」デシは、ミニカムが音をひろわないようにちいさくささやいた。

タスナイトがくすくす笑う。

「しずかにして！」オリガは小声で注意してから、はっきりいった。「こちらはイシャニーの代表者。そちらの船をとめたのはわたしたちです。しかし、危害をあたえるつもりはありません」

「は？」と、オロス・カラカイ。

「なんですか？」オリガがいった。

「ほうほう！」オロスは大声で応じた。「きみが高度に発達した文明の代表者だと知らなければ、まさにグリーンの小人だと思っただろう。きみみたいにひどく気どった話し方をするからな！」

オリガは驚いたが、なんとか自制心をとりもどしていった。

「口を閉じなさい、オロス！」

オロスは大きくむせると目を見ひらいて、声をひそめた。

「申しわけない。われわれ、なにをすればいいのか？　どうしてわたしの名前を知っている？」

「われわれイシャニーはすべてを知っているのです」オリガは強くいった。「あなたたちがエルトルス人だということも、エルトルス出身ではなくツァルテルテペ出身だということもわかっています。黄金の小惑星が気にいったのでしょう？」

「ああ、そのとおりだ」オロスはうなった。「だが、黄金のためだけではない。もちろん、黄金をコインに変えられるような技術をすこしばかり教えてもらえればありがたいが、本当は……」

「本当はエデンIIを探している」オリガがかわりにいう。

「それも知っているのか！」エルトルス人は驚嘆した。突然、その目が輝く。「では、エデンIIをどうすれば見つけられるか、方法も教えてもらえるので？」

「もちろん！」と、タンゴはなにも考えずに、うれしそうに甲高くいった。「ただ、そのまるい鼻にしたがって飛べばいいいんだ」

「なんだって？」と、オロス。

「なにかおかしいぞ！」ウマン・ゾカフの低い声がうしろから響く。「まさにグリーンの小人みたいじゃないか！」

オリガ・サンフロはどこかにかくれたい気分だった。気絶しそうだ。

このとき突然、周囲が昼間のように明るくなり……その光のなか、宇宙空間に無数の輝く宇宙船の外殻が動くこととなくならんでいた。

オリガのミニカムの画面からエルトルス人が消え、波打つ白髪と髭をたっぷり生《は》やし、強く暗示をかけるような白い眼をした、しわの深い顔つきの堂々とした姿の一ヒューマノイドがうつった。

「ふう！」オリガは息をもらすと、失神してタンゴの腕のなかに倒れこんだ。

その隣りで、デシも同じようになる。

「いったい、だれだ？」と、タンゴ・カヴァレットはたずねた。

「わたしはマグス・コヤニスカッツィ」髭の男は答えた。「きみたちと同じ捜索者だ。きみたちはヴィールス船二十隻とともにここにきた。一方、わたしはヴィールス船を一隻も持っていない。われわれは全員、永劫の昔に絶滅したイシャニーの宇宙罠にはまってしまったのだ……」

「だが、わたしはまさにイシャニーの女代表者と話していたぞ！」と、オロス・カラカイが大声でいう。

「あれはシガ星人だ」髭の男が応じる。

「裏切り者！」タスナイトがささやく。

「ほうほう！」オロスはいった。「楽しい冗談だ。さて、あなたの名前はけっして発音できそうにないが、とにかく名前は聞いた。だが、あなたは何者なのだ？　人類ではなさそうだが……この目で見るかぎりでは」

「わたしはグルだ」髭の男は説明して、右手をあげた。指のあいだにリンゴ大のグリーンの水晶玉が見える。「瞑想と修行をへて、わたしはプシオン能力を獲得した。しかし、力はまだ弱い。この球はそれを強化するのに役だつ。この方法で、イシャニーの宇宙罠に影響をあたえられるようになった。罠は徐々に崩壊して消滅するだろう」

「では、われわれは自由なのか？」タンゴはたずねた。

「自由だが、ここにきたのはむだだったな！」オロスがうなる。

「むだではない」グルは反論した。「きみたちの協力と水晶玉の力で、わたしはエデンIIへの道を発見するのだから。きみたち全員が〝それ〟の力の集合体の精神的中枢をめざしているわけではないが、わたしに身をゆだねて、ともにエデンIIにくる者は、あらゆる観点から豊かに報われるだろう」

「豊かに報われる」オロスがおうむがえしにいう。「悪くなさそうだな」

「たしかに」と、デシ・カラメルがささやく。「この髭男が出てきたから、エルトルス人にこちらの話を聞かれなくてよかったわ。急いで《ナゲリア》にもどりましょう。このグルはどうも気にいらないけど、エルトルス人だけをエデンIIに向かわせるのは、もっといやだわ」

「きみもいずれ、わたしを愛することを学ぶだろう」マグス・コヤニスカッツィはいい、白い眼を水晶玉に向けた……

あとがきにかえて

若松宣子

のど元過ぎれば熱さ忘れるということで、秋も深まろうとするいま、夏の暑さもすっかり忘れてしまい、臆病でごはんのとき以外はほとんどよりつかない我が家の猫を探しては膝にのせてぬくもりを感じようとしている日々だ。しかし今年の夏も本当に暑かった。この夏は春からの自粛モードに引きつづき、あまり外出することなく過ごしていた。新型コロナがこわくて自粛生活が身についてしまったための引きこもり生活といえばそうなのだが、あまりの酷暑で外に出る気にならなかったというのが実際のところだ。だからきっと、コロナ禍でなくとも、あまり変わらない生活だっただろう。

この数年、少しでも家の中を涼しくしようと、夏の昼間はほとんどカーテンをしめきって過ごしている。真夏の太陽は空高く昇るので部屋の中に直接、日光が射し込んでくるわけではないのだが、おそらくアスファルトや周囲の建物からの反射光と熱で室内の気温が朝からあっという間にあがってしまう。だからカーテンを引いているだけでかなり涼しく感じる。

さらに緑のカーテンも取り入れてみようと考え、昨年からベランダでパッションフルーツを育てはじめた。いままでもゴーヤなどを試したことがあったが、鉢が小さいせいか日当たりのせいなのか世話が足りないのか、なかなかうまく育たない。葉や花がたくさん落ちてしまっては掃除もたいへん、せっかくなら食べられる実がなるものがいいと、あれこれ探してたどりついたのがこの植物だった。果実は赤くて丸く、割ると中が白くて黒い小さい種がつまっており、キウイに似た甘酸っぱい味がする。部屋が涼しくなりフルーツも育てて食べられるとは、一石二鳥、いや植物を育てる楽しみも含めて一石三鳥かと夢が広がった。

昨年の五月初め、さっそく園芸屋さんで苗を買ってきた。育てはじめてみると、いろいろ世話が必要で、それだけに愛着が感じられるということがわかった。葉が大きくてほとんど虫がつかないというところは手間いらずなのだが、結実させるのがかなり大変だった。南国の植物というイメージで暑ければ暑いほどいいと思っていたのだが、二〇度から三〇度の間でないと花が咲かない。東京近郊の我が家ではこれが意外に難しかった。

少し前だったら、おそらくちょうど育てやすい気候だったのだろうが、なにしろ最近の猛暑である。しかも今年もそうだったが、夏前の梅雨寒が長い。今年も七月はずっと雨で涼しかった。そのためなかなか花が咲かず、咲いたと思ったら、あっという間に三〇度を超えてしまい、酷暑がつづくので、つぼみもほとんどつかない。そして長い夏が過ぎてようやく涼しくなり、さあ秋の花が咲くぞと思うときにはまたたちまち涼しくなって、生育がとまってしまう。予想外の展開だった。

さらに花が咲いたら手作業で受粉させないと、けっして結実しない。ベランダで自然受粉を待つのはどうやら無理なようだった。おまけに花が開くのは朝九時頃でそれから数時間以内に受粉させないと、もう失敗ということになってしまう。また雨が降って花粉が濡れてしまってもだめ。そのため朝起きたらまず、今日開きそうなつぼみチェックをするという生活がはじまった。

パッションフルーツは別名クダモノトケイソウというそうで、開いた形はまさに時計のようだ。中心に雌しべが突き出し、その根元から雄しべが放射状に伸びていて、その下に細くにょろにょろと紫色の副花冠が、さらにその下に白い花びらが広がっているという構造をしている。写真で見たときにはグロテスクにも見えてちょっとぎょっとしたが、実際の花はとてもかわいらしい。それが朝、つぼみがふくらんでいると思ったら見る見るうちに咲いてしまう。花が開いたらすかさず雄しべを折り取って、雌しべに花粉を押し当てる。ここまでくればほぼ実はできる。

ところが、そこからがまた長かった。緑色の実はどんどん大きくなり、ピンポン玉くらいにはなるのだが、一向に赤くならない。調べてみるとなんと二、三か月はかかるということがわかった。つまり、六月に花が咲かないと、涼しくなる前の九月の収穫は難しいのだ。ということで、昨年はどうにか十個ほどは収穫できたのだが、梅雨が長く、夏がいつまでも暑かった今年は二つしか実がとれなかった。来年は猛暑が落ち着くことを願うばかりだが、難しいかもしれない。

都心では地下鉄を乗り換えるときなど連絡通路を歩いていると、地上に出ないままかなりの距離を歩ける。オリンピックを見込んでのことだったと思われる改修も進んでいて壁の装飾なども見ていて楽しい。普段なら街の様子を見て歩きたいので、早めに外に出てしまうのだが、この数年、夏はできるだけ地下通路を探し、目的地まで少しでも地下から出ないようにしている。さらに家では昼間でもカーテンをしめて薄暗いなか電気をつけて暮らしていた。そんなことをしていると、SF小説に登場する地底人の生活もあながち遠いものではなく、本当に夏には地下でしか暮らせない日が来るのではないかというような気さえしてくる。ベランダ栽培のパッションフルーツが豊作になり、飽きるほど食べたいという夢がかなうことはないのだろうか。

宇宙《そら》へ（上・下）

メアリ・ロビネット・コワル
The Calculating Stars
酒井昭伸訳

〔ヒューゴー賞／ネビュラ賞／ローカス賞受賞〕一九五二年、巨大隕石によりアメリカ東海岸が壊滅する。数学の天才でパイロットのエルマは、夫とともにこの厄災を生き延びるが、環境の激変のため人類が宇宙開発に乗りだすことになって――星々を目指す女性パイロットを描く改変歴史／宇宙開発ＳＦ　解説／堺三保

ハヤカワ文庫

セミオーシス

Semiosis

スー・バーク
水越真麻訳

二〇六〇年代、人類は惑星パックスに植民を開始した。植物学者のオクタボは、この星の植物が知性を持ち、人類を敵だと判断すれば、排除するだろうと知る。人間が生き残るには植物との意思疎通と共生が不可欠だが……。七世代百年以上にわたる植民コロニーの盛衰と、植物との初めての接触《ファースト・コンタクト》の物語。解説／七瀬由惟

ハヤカワ文庫

量子魔術師

The Quantum Magician

デレク・クンスケン
金子　司訳

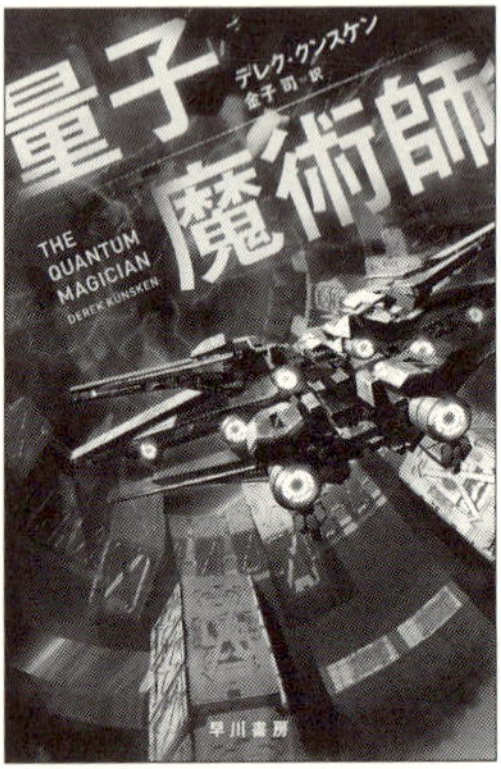

驚異の量子解析力をもつ詐欺師の〝魔術師〟ベリサリウスは、厳重に警備されている〝世界軸〟ワームホール・ネットに宇宙艦隊まるごとを通す仕事を依頼された！　彼は一癖も二癖もある仲間を集め、量子もつれを用いて、世界軸を支配する巨大国家を煙に巻く世紀のコンゲームに挑むが……。傑作宇宙アクションＳＦ

ハヤカワ文庫

タイムラインの殺人者

The Future of Another Timeline

アナリー・ニューイッツ

幹　遙子訳

一九九二年。コンサートの帰り道、女子高校生ベスは殺人の共犯者となる。二〇二二年、歴史の修正を試みる任務のため、時間旅行者テスは一八九三年のシカゴに向かい、タイムライン編集を試みる。二人の女性の人生が交差するなか、タイムライン編集戦争が激化するが……。新世代タイムトラベルＳＦ　解説／橋本輝幸

ハヤカワ文庫

訳者略歴　中央大学大学院独文学専攻博士課程修了，中央大学講師，翻訳家　訳書『十戒の《マシン》船』グリーゼ＆マール，『シャツェンの博物館』マール（以上早川書房刊）他多数

HM=Hayakawa Mystery
SF=Science Fiction
JA=Japanese Author
NV=Novel
NF=Nonfiction
FT=Fantasy

宇宙英雄ローダン・シリーズ〈629〉

永遠《えいえん》の戦士《せんし》ブル

〈SF2305〉

二〇二〇年十一月　二十日　印刷
二〇二〇年十一月二十五日　発行
（定価はカバーに表示してあります）

著　者　H・G・フランシス
　　　　H・G・エーヴェルス
訳　者　若《わか》松《まつ》宣《のり》子《こ》
発行者　早川　浩
発行所　株式会社　早川書房
郵便番号　一〇一‐〇〇四六
東京都千代田区神田多町二ノ二
電話　〇三‐三二五二‐三一一一
振替　〇〇一六〇‐三‐四七七九九
https://www.hayakawa-online.co.jp

印刷・信毎書籍印刷株式会社　製本・株式会社川島製本所
Printed and bound in Japan
ISBN978-4-15-012305-5 C0197